數 學 科 普 小 說 暢 銷

U0041969

# 叒轟 千數

莊惟棟 著

# 目錄

## 令人嘆為觀止的魔數小說

新北市立林口國中數學教師 李政憲

惟棟老師用他詼諧的文字，結合動人的劇情，搭配出神入化的魔術與數學原理，以《反轉千數》這本書為魔數三部曲畫下一個漂亮的驚嘆號！

在「樹屋」中，除了看到莊穎的慷慨與貼心，也能學到代數式的運算和如何結合卡牌，做精準的魔術預言。

自「人心」中，莊穎以樹屋信箱讓傑濤轉愛為恨，並從魔巧板設計的巧思中，看到排列組合在圖形上，如何與撲克牌魔術做完美搭配。

在「百遍」中，莊穎以他大腦的四維模式洞悉人心，讓武天惡有惡報，卻又設立回頭的機會點，鼓勵人們回頭是岸；也從幸運梭哈中了解機率的計算，以及如何必勝的訣竅。

而「年限」中，我們感受莊穎為濤爸想方設法的用心，以及樹屋信箱再度發揮神奇，讓鈴可逆轉人生的感動；結合文氏圖做的大牌消失手法，更是融入大腦科學，讓人嘆為觀止。

至「終情」中，莊穎以巧妙的手段讓美爸打敗美霸，斷了久澤的金援，使人大快人心；而搭配擦擦筆的化學魔術，則是跨領域與數學結合，做了名片紙的組合預言。

於「善財」中，我們從百欣與王芮的互動中，體會了「有愛無礙」的真諦，也了解莊穎從寬處理背叛者的善良；並了解大牌排序後的排列組合，結合夥伴間的默契，即可完美進行演示。

看「行為」中，莊穎以撲克牌結合漢明碼、矩陣與二進位作示範的魔術，為我們再現數學的奇蹟；我們也看到久澤終於在「熊膽室」伏誅的慘狀，並能引以為戒，謙卑的尊重生命。

讀「義取」中，結合時下正夯的病毒橋段，看莊穎結合等差數列、二進位與破解猴老的金幣問題，搭配王芮成功殲滅鑫信箱組織後，再以撲克牌搭配候應預言反將猴老一軍，讓我們知道讀書應該用於正途，最後並順利交出總召的職務，接任了集團執行長的任務，為本書寫下一個美好的結局。

# 從「閱讀文學小說」看見「數學」
# 在生活中多面向的意義

國立臺灣師範大學數學系退休教授、研究院士 洪萬生

　　《反轉千數》即將新書出版，我非常樂意撰寫寥寥數語，以表推薦及祝賀之意。

　　本書風格大致延續《逆轉騙數》，內容有「險惡江湖」的驚悚奇幻元素，但行事作風不完全正派的男主角，卻充分展現「暖男」的正義感。這種敘事應該是相當符合年輕讀者的閱讀口味才是。

　　不過，本書在非常流暢敘事、且綿密得經常讓人出奇不意的情節之中，還是盡力地在魔數之外，引入些許「貼近」數學的片段。或許這是考量到讀者的閱讀習慣，又或者是由於敘事的規律使然（亦即順著已經發展出來的情節走），本書相關的數學知識活動之呈現，在故事說得好的情況下，的確難以適當凸顯。事實上，第二章涉及函數概念，在該章末「數學原理」中，提供了有趣的說明，是數學與魔數結合的先聲，值得我們力推。另外，第五章的「數學原理」提及對稱與簡單的因數性質。再有，第七章論及漢明碼修正記憶體時，所使用的數學概念如文氏圖、矩陣乘法，以及二進位制，都令人耳目一新，這充分顯示「魔數＋數學」在小說敘事創作中，還有極大的發揮空間。

　　從《逆轉騙數》到《反轉千數》，這一系列的故事看起來還在發展之中。我非常期待將來新作之情節，可以邀請「樹／數屋」的孩子在好好地學了數學之後，也有適當的發揮空間，讓數學在故事情節中展現多面向的意義。

無論如何，正如《逆轉騙數》一樣，本書的情節安排與角色塑造都相得益彰，敘事元素也都能貼近年輕讀者的心靈，因此，我要大力推薦惟棟的這本新書。讀者倘若喜愛本書，我們數學普及的推動者都將同感雀躍。

## 融入素養課程設計的數學科普書

國立北門高中數學教師／嘉義縣政府教育處高中課程督學 紀志聰

　　小時候最羨慕的職業就是「天橋底下說書的」，感覺可以把故事說得很生動，而且每到關鍵時刻，就是下回分曉！此時恨不得趕快到下禮拜繼續聽下去。後來讀到金庸的小說，提到天橋底下說書的其實是超厲害的，七分真、三分假，加上把聽得故事解構後再重現，分成幾個段落，每個部分都有其精彩之處，而且要斷的剛好，觀眾才會期待下一集，這和目前新課綱在推動的「素養課程設計」有異曲同工之命，而且超級有「情意」的素養在裡面，真的是「高手在民間」啊！

　　有人說相近恨遠，這個詞我一直不懂是什麼意思，直到遇見惟棟老師，雖然我們認識不久，但彼此瞭解和熟悉的程度，幾乎是打從娘胎就一起混的感覺。惟棟老師在我看來就是那位「天橋底下說書的」，我們常常覺得他是魔術師不是數學老師，加上帥氣的外表，每次我們辦理研習的時候，他的課不僅秒殺，而且沒報到名的都會透過關係來要求要外掛，沒座位站著聽也可以，沒便當不吃飯也沒關係。即使如此，我們還是認真的將所有的流程、講義、教具準備好，讓每位來參加的老師不只賓至如歸，還要滿載而歸。

　　孩子們不愛數學，通常是因為害怕而且覺得不實用，有了挫折感後就不想學習，這本書用了很多的故事，沒仔細看還不一定知道是一本厲害的數學魔數書。數學魔數的本質是將數學的原理，用魔術的糖衣包裝起來，好吃、好玩又實用，真的是三個願望一次滿足。

　　還記得有一年邀請惟棟老師來教我們高三的準大學生社交活動「第一次把妹就上手」，從如何活絡氣氛到吸引對方的注意力到把焦點都集中到自己身上。惟棟老師就有這個魔力可以把很困難的東西或觀念用很簡單的

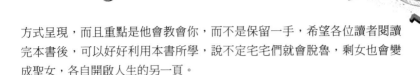

方式呈現，而且重點是他會教會你，而不是保留一手，希望各位讀者閱讀完本書後，可以好好利用本書所學，說不定宅宅們就會脫魯，剩女也會變成聖女，各自開啟人生的另一頁。

## 閱讀的樂趣從體驗燒腦的魔數開始

*UniMath* 創辦人 / 國立中興大學助理教授　陳宏賓

　　讀這本書有一種類似「看蝙蝠俠痛扁惡棍」的快感！

　　我個人閒暇時間喜愛閱讀小說，藉由閱讀感受書中人物的故事，有些感受可以不需要親自經歷即能獲得，這不是很好嗎？例如，讓法律制裁不了的壞人得到應有的報應（笑）。本書是惟棟老師第二本小說類型的數學科普書籍，前一集是《逆轉騙數》，本書承襲上集豐富深刻的人物設定，讀者可輕鬆順著編排合理的劇情發展，在爾虞我詐的世界觀中，去感受「魔數」的魅力。

　　「人性」的編排依舊是我最欣賞此系列書的亮點。《逆轉騙數》赤裸地呈現真實的「惡」離我們很近，而此書中的「善」讓我們看見黑暗中的一道溫暖光芒。本書有較《逆轉騙數》更加細緻入微的結構安排，除了「小說故事」外，還加入「各篇章小語錄」、「魔術執行」、「數學原理」、「小叮嚀」，要燒腦的魔數細節可在故事中暫時不理，等待讀後另行研究，這樣的切割使本書讀起來更加順暢。強烈推薦這本書給所有喜歡數學小說的讀者！

## 激發好奇心・培養想像力創造力的魔數書

國立臺灣師範大學僑生先修部數學科教授 張飛黃

　　《反轉千數》一書承接《逆轉騙數》的精神，再次以動人、懸疑、勵志、勸人向善的小說情節來呈現，其中甚至有些章節是改編了真實事件，更加引人省思。此外，如同前作，在每一個章節裡都有魔數的展現，而其手法技巧皆附於後，也將其數學原理說明得非常清楚，相信有興趣的讀

者，能再利用其原理來製造新穎的魔數效果，這對同時喜好數學與魔數的同好來說，實在是不可不讀的一本好書。同時，我個人感覺文後的「小叮嚀」更是惟棟老師內心世界的呼喊，有提醒注意安全的事項、有述說對金錢價值的想法、有對讀者的期許、有處世的價值觀……相信這些發自惟棟老師內心的叮嚀，必定使讀者獲益良多。

最後，我相信在強調科學普及科技治國、跨領域合作、數學素養的21世紀，閱讀《逆轉騙數》及《反轉千數》兩本書並從中學習數學魔數的技巧與原理，肯定是對好奇心、想像力與創造力的培養有相當助益的。因此，我願再次向大家極力推薦《反轉千數》一書。

## 從數學的解謎推理‧發現人性的美好價值

臺南市立新興國中校長 蘇恭弘

本書是惟棟老師大作三部曲的最終章，上一本的《逆轉騙數》是第一本《魔數術學》的前傳，而《逆轉騙數》帶出主角後，將故事承接至本書《反轉千數》，最令我這個「莊粉」驚喜與心領神會的是，這一套書的核心思想竟然在第三本時，透過篇目的藏頭詩，點出作者心中想法，進行最好的註解。（處處驚喜的藏頭詩，樹人百年衷善行義）

個人覺得惟棟老師並沒有把這本書當成數學書來看待，反而更像是自己對於人生的體悟與心情分享，「只要可以選擇愛，我一定放棄恨」、「孩子可以自律並積極，靠他們自己的努力換取應得的報酬」、「替人著想，就是一種偉大情操」……等語，這些不正是現在社會，最需重新審思與學習的課題？

本書中不同的章節會帶給讀者相當不同的感受，例如:「百變」篇，會如同觀看港劇《賭神》般血脈賁張；「年限」篇，會如同日劇《信用詐欺師JP》般高潮迭起，兩篇都是類似電影情節的鋪陳手法，文字絲絲入扣，引人入勝。其它的章節，卻又如同是部充滿友情、親情、羅曼史、社會關懷的小說，雖然有不同的寫作手法與內容情節，卻毫不違合地串連了八個章節。

帶來驚喜一直是惟棟老師的強項。「惡魔大樓是求生的地獄，那熊膽室簡直就是求死的煉獄」，閱讀這個章節，讀者心情竟然有天差地遠的起伏，在文章前半段會為了被害人的遭遇而揪心；但是到了後半段，卻可能會有想從位子上跳起來的喜悅，因為它的故事內容正是惟棟老師早就在iOS的App Store中上架的App軟體《LieToMe》的運作原理，讀者因為瞭解而產生那種「原來如此」的雀躍，興奮之情很難形容。

　　拜讀惟棟老師的作品，很佩服他對生活事物觀察的細微程度，才能將各行各業的菁華融入於內容中，三教九流、達官貴人都是他取材的主題；也很佩服他的幽默感，處處為讀者製造不斷的驚喜，透過不同的偕音與設計為劇情進行鋪陳與轉折：如「年限」篇，主角鈴可→「曾鈴可～真的你也可」、「一士一木，燒不盡它；草食肉食，早不由人。」→「王芮」、「義取」篇中壞人主角名字高期昕一拿掉日、月，就成了「高斯」，再再顯示惟棟老師精確掌握文字，運用自如的能力。

　　閱讀惟棟老師的大作，會令人讚嘆地還有前後呼應的美學，在「義取」的偽幣問題最後一部份，猴老說明取法的過程中，自己隱約覺得在哪裡見過這個手法，才在出現疑惑的瞬間，下一秒下文就做出了呼應，猴老說「《逆轉騙數》裡的心路懸念即是類似的思考，我有你的書耶！可以放了我吧？」在劇情裡適時地出現前兩部的人物與情節，我認為是惟棟老師很善巧之處，無聲無息地提醒還沒看過《魔數術學》、《逆轉騙數》這兩部作品的讀者應該去購買來追上進度，同時也提醒諸多骨灰級的Fans，可以再複習這兩本著作的精彩內容嘍！

　　最近迷上看Youtuber《老高與小茉》的頻道，尤其是討論外星人或未來人的系列，我深深覺得：惟棟老師應該是具有「外星人」或「未來人」的身份吧，所以擁有超乎常人的頭腦及理解能力，不然怎會開創出這麼劃時代類型的書寫文體與作品內容呢？

　　或許惟棟老師書中已透露了玄機：「一旦啟動五維模式，人就會瞬間衰老、精神異常」。

　　「王神」，我想就是「莊穎」，「如王一樣的神」！

# 自序

## 發現生活中美妙的數學奇蹟

作者　莊惟棟

魔數令人理性透徹，故事令人感性安和。

【反轉千數】是繼【逆轉騙數】後的單元式創作小說，內容的時間軸安排為【逆轉騙數】—【魔數術學】—【反轉千數】，即使沒有看過前兩本，閱讀也不會有任何影響，而看過前兩本著作的讀者，會對人物彩蛋會心一笑，並較為瞭解『之前』的人物屬性。

【魔數術學】是第一本短篇創作，考量到現在孩子多喜歡3C產品的視覺刺激，因此在創作【魔數術學】時，為方便孩子閱讀，刻意結合了漫畫及短篇結構，以引起學習動機為優先目標，故事也偏向普遍級，非常榮幸它能獲得文化部中小學優良讀物推薦，並有幸成為台北市立建國高級中學之數學選讀讀物，這本書從國小到成人都喜愛並推崇，想必是其中『用數學變魔術的魔數』受到青睞了吧。

在【逆轉騙數】的故事中，雖然走向類似柯南或金田一的暗黑輔導級，但內容仍是以『魔數』為不可或缺的主角，希望能在人性探究上給予孩子不同的思考面向，並於推理閱讀上增添數學探究的樂趣，最後在黑暗中珍惜光明面與善良的人性，隨著主角那聰慧的數學腦，讓壞人得到報應，也從各篇章學習到神奇的數學魔術，形成能與朋友同樂、融入自己生命的數學素養。

【反轉千數】當然保有著大家喜歡的『魔數』，更加入了一個新元素，場景是寫實型的社會，其中親情的心靈雞湯，是改編自作者任教生涯中曾經遇到的人事物，也許有人對巧妙的連環計大呼過癮，也許有人會為劇中貼心的孩子潸然淚下，這是本部短篇小說想帶給大家的新感受。

全篇有八章組成：

樹屋─數屋
人心─仁心
百變─百遍
年限─連線

衷情─終情
善財─瞻財
行為─形偽
義取─意曲

　　本書的核心思想就在每章的標題中：『樹人百年、數仁百連；衷善行義、終瞻形意』。

　　教育，是一個長期的投資，以仁為本的教育是千古不變的核心，這是源遠連綿不限時空的重要傳遞。

　　心存善念，實行德義之事，最終必能反饋到自己的身上，讓自己心靈隨心所欲不糾結，就是善的最終表現。

　　這三本書還有一個共同小提醒，就是請不要因為數學或是魔術而駐足，請先暢快的欣賞完所有故事，再回頭一篇篇檢視遇到的數學問題，或是練習有趣的數學魔術。這並不是讓人只看一次的書，而是一本會令人在無意間想起的書，會想重溫其中的故事、想複習魔數，甚至把它變成『特色課程』、『彈性課程』，也許在人生回望中，都能想起它曾帶出什麼魔幻驚喜，一支筆、一張紙，就能天南地北的說書變魔術，說起一本有淚有笑的奇幻『魔數』故事。

Part 1

樹屋
數屋

學校不遠處有一間樹屋，裡頭的擺設十分簡潔，只有一塊大大的黑板和一個大書櫃，牆面是古色古香的檜木色，燈光明亮又舒服。眾多的擺飾中，有一部份是與圓周率或黃金比例相關的文具及教具，更多的是各式各樣的撲克牌。書櫃上幾乎是數學和勵志的書，其中幾本小說的主軸結合了魔術與數學，像是『魔數術學』、『逆轉騙數』等，皆為客人們最喜愛借閱的書籍。

聽說那幾本書都是樹屋老闆的著作，他以前經營補習班，後來賺了錢蓋了這間樹屋，可是他都不承認大家聽說的這些過去，是個有點古怪，卻又十分親切的人。

大黑板是莊穎教孩子們唸書的區域，他從不收費，即便不少大老闆希望兒女可以向他學習，他卻都介紹他們去朋友開的補習班，轉介理由是自己並不專業、不可與補習班爭利，且那些有規模制度的補習班也對他們的兒女較有益處，但許多人都知道莊穎過去的名師身份，他自編的講義和重點整理無疑是考試祕笈，不過莊穎總低調認為他只是在照顧來到樹屋的孩子，如果收費招生導致人數增加，將會影響這些孩子的學習，而他喜歡簡

單純粹，因此謝絕了許多訪客以及合作計畫。

　　樹屋營業時，只有三種產品—— 花茶、甜點、壽司，所以孩子們都笑稱『樹屋有三寶，甜點壽司吃到飽』。老闆的太太在大學當教授，下課後常會到樹屋幫忙，孩子們特別喜歡看到老闆娘雪倫，因為她出現時才能吃到不一樣的點心和食物，不像老闆莊穎千篇一律的樹屋三寶。

　　有趣的是，樹屋不知不覺成為網紅朝聖的景點，訪客往往拍照打卡卻不消費，莊穎卻從未在意，偶有數學老師或知名魔術師來拜訪，若遇訪客喜歡上樹屋裡的擺飾，莊穎也會大方的送出去。與其說樹屋在做生意，倒不如說樹屋是莊穎無償照顧周遭孩子的基地，除了本區的弱勢家庭，許多遠地無家可歸、曾受虐的孩子，莊穎還會教他們蓋樹屋、種植蔬果、讀書寫作、照顧附近獨居老人。因不擅與他人交際的關係，附近也有人覺得他是性格孤僻的怪人。

　　快過年了，孩子們一天天長大，卻沒有像樣的新衣服，雪倫為著這件事嘟囔好久，但莊穎認為物質不應是孩子該重視的，他希望孩子能學會靠自己的努力去爭

取，能明白做多少、賺多少、享多少，就連那台已有些遲緩的平板，莊穎寧願孩子排隊預約使用，也不多買一台新的，因為這樣，孩子很珍惜自己拿來查資料和線上學習的時間，沒有人拿來玩遊戲或使用社交軟體，若年紀較小的小朋友知道哥哥、姊姊要準備考試，也會讓出自己的預約時段，改成翻書或請教莊穎，即便沒有手機和電視，孩子們卻很享受沈浸在書海之中，彼此間有說不完的話、玩不完的遊戲。在這個樹屋小區裡，一間間獨立，卻又一間間串連著溫暖。

這裡的孩子，多半是隔代教養或是單親，有些是受虐無家可歸，有些是家人在外地賺錢，父母總是晚歸或偶爾不回家，樹屋區本來是這些熊孩子、野孩子、甚至壞孩子的基地，自從莊穎出現後，環境變得乾淨、整潔，孩子仍同一群，卻已和壞孩子完全沾不上邊，全都規矩有禮又認真，鄰近獨居老人的送餐及整理家務，全是這些孩子排班制定區域完成的。

雪倫今天又為著孩子的衣物、鞋子、手錶、平板與莊穎鬧彆扭，剛考完學測的芬婷與士豪趕緊出來打圓場：「師母您別怪老師了，舊衣服沒有關係，我們讀

書、吃飯，所有的用品都是老師給的，而且我們長得又
帥又美，不需要衣裝啦，哈哈！」

　　莊穎皺著眉對雪倫說：「粗茶淡飯、粗衣破褲，能
飽足、保暖最重要，我希望孩子們追求的價值不是這個
點。時間不會虧待一個人，會虧待自己的永遠是昨天的
自己。」

　　幾天後，雪倫向外燴商家訂了十二桌年菜，讓孩子
們跟家人一起享用，外燴的老闆娘也是樹屋中一位孩子
的家長。隨著時代變遷，辦桌外燴的市場越來越難做，
老闆有一次因為趕場被酒駕撞傷而癱瘓，現在全靠老闆
娘撐起整間店，莊穎特別請她幫忙除夕餐，是要讓她多
賺點錢，也讓外燴團隊好過年。

　　莊穎的父母及一對兒女也從國外回到樹屋過年，兒
女還帶了好多禮物送給大家，莊穎看了很是安慰，他拿
出紅包給自己的家人後，把近期大家出外的工作整理成
一份清單，並依照時薪放到紅包袋中發給每一位孩子。
雪倫還是很在意孩子們沒有新衣服，特別擔心即將上大
學的兩個孩子會有自卑感，畢竟她把孩子們都當親生孩

子看待，實在捨不得他們在外受一點委屈，但因莊穎態度堅決，雪倫也不敢多言。

莊穎一邊感謝大家整年協助維護樹屋區的辛勞，一邊拿出了一個摸彩箱示意要進行尾牙抽獎，並說明禮物是樹屋所賺取的。其實樹屋的經營模式並不賺錢，莊穎也不喜歡透過繁複的流程申請補助，而且有些官方單位對於法令限制有難言之隱，造成部分需要照顧的孩子無法得到協助，莊穎還會替社福機構接下來，所以大孩子都知道莊穎是自掏腰包在照顧大家，只要想到這場讓小小孩喜出望外的抽獎是來自莊穎省吃儉用的錢，大孩子雖帶著笑容，心裡卻心疼著。

莊穎拿出好多張卡牌，每張卡牌有四個數字，數字旁印有一元、五元、十元跟一隻手的示意圖。莊穎先洗了牌，再讓小朋友抽出四張蓋在桌上，然後隨機把三種硬幣放到牌上，剩下的那張用手指著，最後打開四張卡牌，只要把相對應的四個數字加起來，就可以去拿那個號碼的福袋。

說也奇怪，已經國三的明仁需要一只指針的手錶，

他的福袋就是裝著手錶，谷馨的鞋子破了，她的福袋就是一雙合腳的鞋子，好像冥冥中註定一樣。芬婷和士豪兩人相視會心一笑，因為兩人知道彼此同時聯想到莊穎曾教過他們的一個數學魔術。

終於輪到最大的兩位哥哥姊姊了，士豪很有風度的讓芬婷先抽，此時桌上剩下五張牌，福袋剩下179號、172號、163號、151號和145號。莊穎故意將五張牌朝上讓芬婷看了一眼，並對她說：「179很適合妳，時間不會虧待妳。」

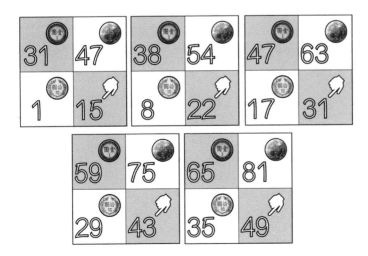

芬婷立刻意會老師的意思，她把標示著31、47、1、15那張以外的四張牌蓋了起來，然後抱起國小一年級的昀虞，這個小妹妹總是黏著芬婷姊姊，她知道姊姊即將離開這裡去上大學，最近常常鬧脾氣，芬婷牽著昀虞的小手說：「幫姊姊選好嗎？姊姊知道妳是我的幸運小女神喔！」

　　昀虞慎重的把三個硬幣擺好，可愛的小手指著剩下那張，打開牌的結果是：38（一元）、63（五元）、35（十元）、43（手指），總和是179，而福袋內容則是一件高貴大方的洋裝。

　　大家都想看大美女芬婷換上，無不起鬨鼓掌，芬婷知道這是莊穎特地為她準備的，適合面試也適合外出旅遊穿搭。最近莊穎總利用在新聞界的主播人脈，以『家貧美女滿級分，課後接網拍賺學費』為標題，讓芬婷成為小網紅，未來在生計及人生必得到大翻轉，準醫學院學生的頭銜加上照顧獨居老人和孤苦弟妹的資歷，他相信時間不會虧待這個女孩。

　　芬婷忍不住感動淚水，抱著莊穎說：「謝謝您當我

的爸爸，我永遠是您的乖女兒。」

　　莊穎的女兒小筑拿著衛生紙給芬婷，促狹的說：「喂，別佔我爹地太久。」

　　旁邊的士豪也做勢要抱莊穎：「爸，我是您永遠的傻兒子。」

　　他們把芬婷逗得邊哭邊笑，而莊穎只是拍拍她，紅著眼眶說不出話。其實莊穎平常既嚴格又固執，但真正理解他的人才會知道，他總是…總是…在乎著每一個人，哪怕嚴格，也是為了不讓時間虧待他們。

　　這幾年的耳濡目染，芬婷像極了莊穎的個性，所以剛剛才故意讓昀虞選擇，其實不論昀虞怎麼選，總和都會是179，芬婷只是想讓小妹妹覺得自己有幫姊姊做了些什麼，避免即將和姊姊分開的昀虞，內心覺得沒有回報姊姊的愛護與照顧而一直感到難受。

　　雪倫常對莊穎說：「那些兒女們都愛你又怕你，固執得要命，卻每一個都心疼你心疼得要命！也許這就是爸爸吧！」

　　輪到士豪選擇了，莊穎給他的暗示是145，於是士豪用華麗的手法，將五張牌巧妙的移形換位，瞬間覆蓋上三個硬幣，並帥氣的讓一張牌在空中飛旋，然後咬在嘴上，他向莊穎說：「爸，這張我不要。」這等技術如同年輕時的莊穎，帥氣又自信，底下的少男少女和媽媽們無不尖叫。

　　過去，士豪家中遭遇變故，在校也遭同學欺負，從此他告訴自己絕對不哭，要努力的笑，這段時間無日無夜的念書和工作，終於在今年以滿級分的佳績讓他反轉老天爺給他的乖舛人生。

　　打開士豪挑的那四張牌，分別是31（一元）、54（五元）、17（十元）、43（手指），總和果然是145，福袋中是最新的Apple筆電。

　　莊穎知道士豪有寫程式的天份，曾替他接過幾個小案子，比如Apple的『讀星術』、『Math Magic Number』等app，都是他利用數學變魔術的作品，所以抽獎使用的卡牌效果對士豪而言是非常簡單的數學魔術。

拿到筆電的士豪知道這是莊穎為他特別準備的，於是他第一次『違背自己的堅持』，士豪哭了，他哭著感謝上天讓他遇見這麼愛他的一家人。

　　抽獎到此結束，晚餐也告一段落，大家開始幫忙收拾著，卻忍不住好奇151號、163號、172號這三個福袋裡是什麼東西？

　　莊穎的兒子小掣邊擦桌子邊告訴大家：「那三個袋子什麼都沒有裝，是給我們兄妹和媽媽的，他都臭屁的說：『你們有我就夠了還想要什麼』。」大家聽完相視而笑，覺得莊穎簡直神機妙算，是個雖極度自戀卻又極度溫暖的人。

　　莊穎若有所思的在樹屋外發呆，手上拿著的明信片可以摺成一個小御守，上面沒有寄件人的名字，正面寫著『正義御守』，背面則寫著——

　　『一士一木，燒不盡它；草食肉食，早不由人。』

　　如天書般沒頭沒尾的文字，其實是價值觀的討論，莊穎不認為私刑正義是正義，但曾從地獄活回來的他已

開始動搖，而且這句話讓他想起了故人的名字。

雪倫為莊穎披上外套，對他說：「我不會阻止你找她、找真相，我只在乎你平安。快進去吧，孩子們都堅守著往年傳統，還等著跟你說吉祥話、向你拜年以及分享心裡話呢！」

首先，芳婷穿著新衣服上台，眼角帶著閃爍的淚光說：「謝謝爸媽生我、愛我，謝謝樹屋裡的爸媽教我、疼我。那天媽媽為了我的衣服和爸爸吵架，我好難過，您們明明用不同的方式疼我，卻為了愛我吵架，您們要答應我不會再這樣了，因為⋯因為⋯」

芳婷突然嚎啕大哭：「因為我在您們身邊的時間變少了，我會努力每一個時刻，趕快回到您們身邊，請不要擔心我，時間不會虧待我們，但是它也從沒放過我們的年華。」

大家都緊緊抱著身邊的親人，並按照樹屋的傳統，在每個人分享後都一起說『我愛你』。

## 解密：樹屋・數屋

樹屋小語

時間不會虧待任何一個人，

會虧待自己的是昨天的自己。

### 『數』屋魔術

用五張卡牌做神奇的預言魔術。下圖為示意圖，可用紙卡畫出：

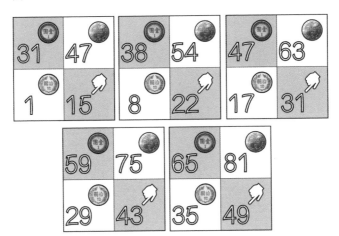

## 效果步驟

1、 魔數師把三個硬幣交給觀眾,請觀眾把五張牌背面向上洗一洗,並隨意挑其中一張牌給魔數師。

2、 魔數師背對觀眾寫下預言。

3、 請觀眾分別將三個硬幣放到三張牌上方,最後一張用手指著。

4、 打開四張牌,將每個對應的數字加起來,總和將與魔數師預言的一樣。

## 方法步驟

1、 以180減掉觀眾交給自己的卡牌之左下角(第三象限)數字即為預言。

2、 可用50元硬幣取代手指,但教導孩子時,為避免孩子帶太多錢,請斟酌使用。

## 數學原理

以下為五張卡牌的數字：

| 31 | 47 |
|---|---|
| 1 | 15 |

| 38 | 54 |
|---|---|
| 8 | 22 |

| 47 | 63 |
|---|---|
| 17 | 31 |

| 59 | 75 |
|---|---|
| 29 | 43 |

| 65 | 81 |
|---|---|
| 35 | 49 |

觀察它們的規律，發現了什麼？

將每張卡牌的四個數字相互比較：

| 1 + 30 | 1 + 46 |
|---|---|
| 1+0 | 1 + 14 |

| 8 + 30 | 8 + 46 |
|---|---|
| 8+0 | 8 + 14 |

| 17 + 30 | 17 + 46 |
|---|---|
| 17+0 | 17 + 14 |

| 29 + 30 | 29 + 46 |
|---|---|
| 29+0 | 29 + 14 |

| 35 + 30 | 35 + 46 |
|---|---|
| 35+0 | 35 + 14 |

轉換成表格：

|  | 30 | 46 | 0 | 14 |
|---|---|---|---|---|
| 1 | 31 | 47 | 1 | 15 |
| 8 | 38 | 54 | 8 | 22 |
| 17 | 47 | 63 | 17 | 31 |
| 29 | 59 | 75 | 29 | 43 |
| 35 | 65 | 81 | 35 | 49 |

每一個行列只會被選中一個

【$30 + 46 + 0 + 14 + 1 + 8 + 17 + 29 + 35 = 180$】

因此5張抽掉某一張，等同少一列，會少去1、8、17、29、35，用180減去數字即為結果。

另一種理解方式，轉換代數一般化（可以自訂$x$）

將第一張卡牌當基礎，設代數$x$到每一張：

| $x+30$ | $x+46$ |
|---|---|
| $x$ | $x+14$ |

| $x+30+$ $+7$ | $x+46$ $+7$ |
|---|---|
| $x$ $+7$ | $x+14$ $+7$ |

| $x+30$ $+16$ | $x+46$ $+16$ |
|---|---|
| $x$ $+16$ | $x+14$ $+16$ |

| $x+30$ $+28$ | $x+46$ $+28$ |
|---|---|
| $x$ $+28$ | $x+14$ $+28$ |

| $x+30$ $+34$ | $x+46$ $+34$ |
|---|---|
| $x$ $+34$ | $x+14$ $+34$ |

五張卡牌拿掉一張的選擇性共有$C_4^5 = \frac{5!}{4!1!} = 5$種：

(1) 拿掉第一張卡牌（左下角為$x$），剩下四張隨意選擇的結果必為

$$(x + 30) + (x + 46) + (x) + (x + 14) + 7 + 16 + 28 + 34$$
$$= 4x + 175$$

(2) 拿掉第二張卡牌（左下角為$x + 7$），剩下四張隨意選擇的結果必為

$$(x + 30) + (x + 46) + (x) + (x + 14) + 16 + 28 + 34$$
$$= 4x + 168 。$$

(3) 拿掉第三張卡牌（左下角為 $x+16$），剩下四張隨意選擇
的結果必為
$(x+30)+(x+46)+(x)+(x+14)+7+28+34$
$=4x+159$。

(4) 拿掉第四張卡牌（左下角為 $x+28$），剩下四張隨意選擇
的結果必為
$(x+30)+(x+46)+(x)+(x+14)+7+16+34$
$=4x+147$。

(5) 拿掉第五張卡牌（左下角為 $x+34$），剩下四張隨意選擇
的結果必為
$(x+30)+(x+46)+(x)+(x+14)+7+16+28$
$=4x+141$。

以上五種可能性，若各自加上拿掉的卡牌之左下角數字皆等
於 $5x+175$，當設定 $x=1$，則皆為180，因此魔數師只要以
180減掉手上卡牌之左下角數字，無論觀眾如何放置硬幣，皆
可成功預言結果。

大家在理解之前，心境是…

數擇三象皆同諸，

字抒寄情思鄉故；

沐音靜夜伴孤月，

悟理道茫望眼枯。


理解之後…

枯眼望茫道理悟，

月孤伴夜靜音沐；

故鄉思情寄抒字，

諸同皆象三擇數。


這是一首迴文對稱詩喔！

**小叮嚀**

『一土一木，燒不盡它；
草食肉食，早不由人。』

這句話述說了社會上不公不義的事依舊存在，莊穎的『人性本善說』在人吃人的利益環境中已經不管用，而話中也暗示著寫卡片之人的姓名，她是逆轉騙數中的聰明女主，這張明信片御守的到來，又會掀起什麼驚濤暗戰…

# Part 2

人心、
仁心

**醫**院的長廊，刻意以暖色燈光和粉色牆壁佈置，映對著家屬冷冰的表情，這樣的粉飾也許能給予些希望與平靜。長廊的盡頭，只有影子分享著傑濤的孤單，幽暗之魔無止境的想吞噬人，傑濤手上握了張已寫滿內容的卡片，準備投到傳說中的信箱。

名為『樹屋信箱』的神話一直流傳著，網路也曾掀起一陣尋寶討論，但沒人知道那個信箱在哪裡，連樹屋老闆莊穎都說不知道，但傑濤始終確信莊穎一定知曉，且期待莊穎幫他將卡片投入那個信箱。

才吃完年夜飯沒多久，得知濤爸自戕的莊穎立刻趕到醫院。當初濤爸被嗑藥及酒駕的富二代撞癱，官司期間又受到許多羞辱與迫害，久病厭世加上深覺造成母子負擔，最後居然選擇了這條路。

莊穎和傑濤的導師郁君先後趕到醫院，見濤媽不在，莊穎問道：「傑濤，你沒通知媽媽嗎？」

傑濤搖搖頭：「還沒，我想先讓兩位老師知道，未來這幾天我不會去學校跟樹屋，我要先陪伴爸爸一陣子。」

郁君老師有點擔心：「那不要緊，要不要趕緊通知媽媽？」

傑濤：「媽媽那邊好不容易才有生意，現在讓媽媽知道，只是讓她著急不安而已，等醫生讓爸爸穩定，我處理完我能做的之後，我再告訴媽媽。」

郁君老師雖心急，但知道傑濤很懂事，也就沒繼續要求打給濤媽。

片刻後，醫生告知病人已經穩定了的消息，只是濤爸還在恢復室，尚不可探視。兩位老師先陪著傑濤辦理手續，約莫等候了半小時，意識恢復的濤爸才被送回普通病房，傑濤卻沒有過去，反而轉向莊穎詢問是否可以借用手機。

莊穎不贊成孩子使用手機，所以樹屋裡的孩子身上都沒有手機，只有必要時才會跟莊穎借，莊穎將手機遞給傑濤後，傑濤泛著淚打了串文字。

『媽媽，我是傑濤，我們一直擔心的事情發生了⋯不過爸爸已經回到普通病房，目前一切安好！別擔心，

我會好好陪爸爸，但是告訴您我在哪家醫院、哪間病房之前，請您和我承諾三件事：

1、不可以罵爸爸，因為坐在輪椅上的是他，我們無法理解他的痛。

2、不可以在爸爸面前說我們為了他多麼辛苦，因為他會更加自責。

3、我們要開始讓爸爸做事，即便不賺錢也好，若他不願意回到團隊掌廚，就讓他發傳單、打掃家裡、幫我送便當，這些事能讓他有存在感。

您先把今天的場子收好、安頓完該做的事且心平靜了再開車，這裡有我處理一切，請您儘管放心！』

郁君老師看到一半已淚流滿面，緊緊握住傑濤肩膀的莊穎則紅著眼眶。一個國二的孩子，體貼到令人心疼。

兩位老師陪著傑濤去到病房，為避免尷尬，郁君並不打算進去，於是莊穎告訴她：「我和濤爸算熟，我進去看看需要幫忙什麼，您留個聯絡方式給我，好讓我能

隨時和您聯繫及回報，學校的事還麻煩您代為請假，時間也不早了，謝謝您過來，郁君老師先回去吧！」

郁君老師眼淚仍滾滾不停，便依照莊穎的建議先行離開，並請莊穎與她密切聯繫傑濤的狀況。

其實莊穎也有些不知該對濤爸講什麼，只客套說：「傑濤做事認真又貼心，學校和樹屋的大家都很喜歡他，可是他有一個缺點，而且這點很過分，就是他很愛聊您那些出神入化的料理，像是一道道經典臭豆腐，什麼揚州七味、老北京絕色、故鄉迷香等等，每次都讓我們很期待能品嚐您的廚藝，也聽到口水快滴下來了，結果他卻說：『我爸是大廚，不能隨便出手』，害我們牙癢癢的。」

濤爸明顯露出有點自豪的微笑：「不是故鄉迷香，是故鄉冥想，這道菜是一位老師傅的創作，他在冰天雪地的北方工作，每次只要這道菜一出，所有離鄉背井的孩子都被溫暖了，因為菜一入口就會冥想回到故鄉，那可是一道功夫菜！」

莊穎：「濤爸，看在我的面子上，您可別推辭，改

天我在樹屋一定給您弄一個大鍋，讓您平反一下傑濤的處境，也安慰一下我們的口慾啊！」

此時濤媽回傳了『好，我知道』的訊息，莊穎和傑濤便走出病房打給濤媽，告知她醫院及病房的位置，莊穎也將一支舊型手機交給傑濤，方便他聯絡自己。

傑濤拿出手上摺好的卡片，忍不住淚水的說：「老師，我終於可以哭了！」

這句話雖只有簡單幾個字，卻道盡傑濤千言萬語的無奈與堅強！莊穎聽了更是難以掩飾心中的不捨，瞬間抱住孩子大哭一場。

傑濤把卡片遞給莊穎：「老師，我相信您一定知道樹屋信箱在哪裡，幫我投進去好嗎？我希望我的願望可以實現！」

握住卡片，莊穎沒有回應好或不好，只拍拍傑濤的肩膀示意他進去陪濤爸，自己則默默轉身離開。

莊穎盯著卡片，他猜測內容是充滿恨意和瘋狂的文

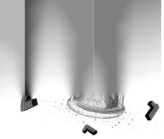

字，這樣的孩子，是否會被環境磨損善良，開始產生仇恨呢？

・・・・・・・・・・・・・・・・・・・・・・・・

書桌前，明信片上的字字字清晰——

『一土一木，燒不盡它；草食肉食，早不由人。』

木會被燒掉，剩下一土，一與土合為『王』；

早不由人，剩下草的部首與內，解為『芮』。

王芮，是曾把莊穎帶入地獄，又幫他從地獄活著出來，讓他得到花不完的錢，卻勸他別接近王神的人，也是莊穎曾經深愛、朝思暮想的故人。

除了暗示姓名的謎語，明信片上還留有數字訊息，莊穎猜測那是聯絡方式，但他尚未參透。

```
321456987
123654789
21478963
258
1236987-456
258
1456-258
```

| 1 | 2 | 3 |
|---|---|---|
| 4 | 5 | 6 |
| 7 | 8 | 9 |

　　莊穎暫時沒勇氣打開傑濤的卡片，在昏暗燈光的伴隨下，他趴著睡著了，雪倫沒有打擾，只靜靜把被子蓋到莊穎身上，便輕巧的關上門。

　　隔日，莊穎和濤媽約在樹屋見面，他跟濤媽要了不少數據，打算在樹屋裡建一個方便濤爸輪椅活動、高度也適合濤爸的小廚房。

　　莊穎昨天看出濤爸對自己廚藝的驕傲，只是車禍後他不願回去辦桌，畢竟那是機動性極高的體力活，他認為自己會造成他人困擾，也不希望在喜慶宴會上讓主

人家看到輪椅穿梭，所以一直躲在家自怨自艾，因此莊穎想幫濤爸找回當年的自信，準備聘請濤爸來樹屋當大廚。

濤媽星期一到五都在工廠當作業員，星期六日則帶團隊到處辦桌，生活算過得去，若有時間、有盈餘，濤媽還會幫樹屋裡孤苦無依的孩子做點心、買衣服，這一切都令莊穎感動，更心慰她養出傑濤這樣出色的孩子。

知道濤媽最近心煩，莊穎向濤媽說：「我這裡有個占卜魔巧板，可斷吉凶占卜及願望，濤媽有沒有興趣試試？」

濤媽：「好啊，我曾經聽傑濤說過八卦測字是老師的一絕，一直都想拜託老師，今天這個魔巧板，想必也是老師的神算寶物，當然要試試！」

莊穎要濤媽在心裡許一個願望，並告訴她只要占卜成功，願望就會在兩個月內實現，接著莊穎拿出兩片魔巧板跟撲克牌，魔巧板的正面有撲克臉譜和四個撲克花色，但都只有一半，背面則是大大的X及『Math Magic』字樣。

莊穎邊發牌邊請濤媽隨意喊停，當濤媽喊停時，莊穎把那張牌放到旁邊，並將魔巧板拼起來，讓魔巧板顯示了黑桃Q的預言。

莊穎請濤媽打開牌，它果然是黑桃Q，濤媽看了興奮的大叫：「願望可以實現了！」

莊穎對濤媽承諾必定趕工完成小廚房，並和她一起去接濤爸出院，更打算親自帶傑濤去學校銷假，同時趁機和傑濤聊聊天。

兩人到醫院後，他們看到傑濤從濤爸的背後抱住濤爸說：「爸，您對我們很重要，只要您在，我回家還有個人可以讓我叫爸爸，這樣我就覺得幸福滿足了！您是我們家重要的支柱。」

這一幕，讓莊穎終於有勇氣打開傑濤的卡片。

沒錯，莊穎就是傳說中的『樹屋信箱』。

傑濤的卡片上寫著：『只要可以選擇愛，我一定放棄恨。我希望我不要再恨那個人，更希望爸爸為了我們留下。』

## 解密:人心・仁心

樹屋小語

只要可以選擇愛,
我一定放棄恨。

### 『數』屋魔術

用魔巧板和撲克牌做神奇的預言魔術。下圖為示意圖,可印
出貼在硬紙上:

正面:

背面:

### 效果步驟

1、魔數師將兩片魔巧板面朝下放到桌上，告訴觀眾另一面是預言。

2、魔數師發牌，請觀眾任意喊停。

3、觀眾喊停後，魔數師抽出停下的那張放到一旁，接著翻開前後兩張，讓觀眾知道喊停的時間點不同牌即不同。

4、魔數師將魔巧板拼好預言，並翻過來展現到觀眾面前，接著旋轉魔巧板，讓魔巧板出現花色。

5、請觀眾打開牌，果然和魔術師以魔巧板預言的一樣。

### 方法步驟

1、先設定一副牌，讓每張人頭牌的點數為前後兩張牌之點數和、花色和後一張牌之花色相同。舉例來說，若人頭牌是♣K(13)，其前後兩張牌的點數和要設定成13，且後一張牌的花色要設定成♣，比如前一牌張是♥8、後一張牌是♣5，因此對應人頭牌的點數為 8 + 5 = 13，花色與後一張牌的♣5一樣是♣，依此原則產生一對一之對應。下圖為牌序範例示意圖：

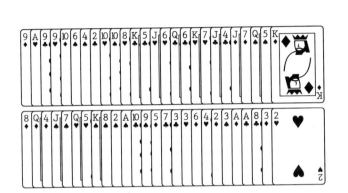

2、表演時，一邊告訴觀眾『請在任意處喊停』，一邊心算發牌之張
　數，並先發掉前面十張雜牌。

3、讓觀眾選到設定在偶數張的人頭牌：

　　(1)如果觀眾在發下第偶數張的牌時喊了停，就把該張牌放到觀
　　　眾面前說：「這是你選的牌。」

　　(2)如果觀眾在發下第奇數張的牌時喊了停，就把手持牌的第一
　　　張（喊停時的下一張）放到觀眾面前說：「這是你選的牌。」

4、打開前一張牌對觀眾說：「如果你早一點喊停會是這張。」接著
　打開後一張牌對觀眾說：「如果你晚一點喊停會是這張。」此時
　因看到前後兩張牌，已可以計算出觀眾選到的牌。

5、利用魔巧板組合出觀眾的牌之點數及花色：

(1)點數：

| K | Q | J |
|---|---|---|
| 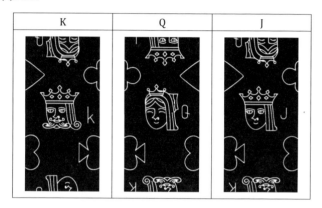 | | |

(2)花色：兩片魔巧版以♠♥♣♦四花色切半的設計感，其真
正目的是組合出每種花色圖案，而♦更是巧妙的設計。

| ♠ | ♥ | ♣ |
|---|---|---|

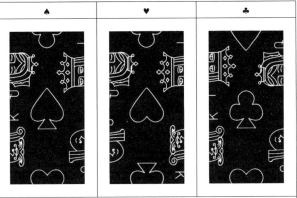

♦只靠正面拼不出來，但選到它的效果最好，只要拼完點數，
再將兩張魔巧板一起翻到背面，原本設計的 X 造型就能造出方
塊，而觀眾會無法得知其他花色怎麼呈現。

## 數學原理

函數，1694年萊布尼茲開始使用這個數學名詞，它的特性可想成：輸入原料$x$，經過一個機器$f(\ )$後，輸出成品$f(x)$。

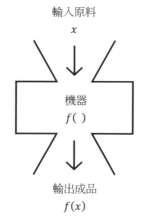

輸入原料
$x$

機器
$f(\ )$

輸出成品
$f(x)$

一對一、多對一的概念，皆可在魔巧板撲克牌的排序設定上看出。

一對一：輸入$x$必有對應的答案，且只有一個，不能一對多或一對無。

魔巧板撲克牌的排序中，兩張數字牌就如同輸入的原料$x$，藉由原料所輸出的成品$f(x)$即是一個獨一無二的人頭牌，如此一來，魔數師才能準確的判斷最終結果。

多對一：不同的型式輸入，可以得到同一個成品。

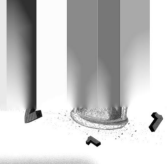

魔巧板撲克牌的排序不只一種，例如：輸入原料的數字牌是5和8、7和6、9和4，其輸出的成品皆為13，魔數師一樣能準確判斷最終結果，且多對一的形式會讓點數看似隨機，更混淆觀眾的視聽，因此這個魔術的型態為『人頭牌是前後兩張點數牌的函數』。

魔巧板設計採排列組合最優化的想法：一個正方型拼貼片有四個方位，兩張魔巧板共有八個方位，藉由將臉型切割成兩種上半臉及兩種下半臉，即會用掉四個方位，而四個花色各對半恰好四個方位，一共用掉八個方位，最後無法拼成的方塊則利用背面的X解決，成就了兩個板拼出12種人頭牌的優化組合。

**小叮嚀**

魔術，是一種心靈的療癒、思考力的訓練，更是數學教學時可利用的動機引發因子，因此不該是炫技的工具，這樣的魔術只會令人生厭，如果可以用類似的占卜幸運實驗傳達歡樂與希望給朋友，請不要吝嗇善用這樣的能力與知識，希望讀者和作者一樣，也能把這個魔『數』占卜，變成一個沮喪失意之人再度勇往直前的力量。

下一章即將破解明信片密碼之謎，讀者可以嘗試破譯其中的奧妙喔！

```
321456987
123654789
 21478963
    258
1236987-456
    258
 1456-258
```

| 1 | 2 | 3 |
|---|---|---|
| 4 | 5 | 6 |
| 7 | 8 | 9 |

Part

# 3

# 百變
# 百遍

**馮**武天，就是撞癱濤爸的富二代，國立大學法律系畢業，父親是知名律師、母親是法官，擁有高富帥條件和漂亮學歷的他，卻喜歡泡在夜店，每天讓不同的女伴以及一群遊手好閒的哥們陪著，已經因為酒醉打警察、嗑藥開車、危險酒駕等各種行為傷害了很多家庭，傑濤正是其中一個。

莊穎看著傑濤的卡片：『只要可以選擇愛，我一定放棄恨。我希望我不要再恨那個人，更希望爸爸為了我們留下。』

莊穎的解讀是，如果也有厄運降臨到那個人身上，傑濤就不會恨他了！

從『惡魔大樓』（【逆轉騙數】中的闇黑界賭命大樓）出來後，莊穎身家有數億，但他為人低調不奢華，加上為王芮的臥病母親散盡家財，早已成為『貧常』人家。

十年前，樹屋有名孩子需要大筆金錢救急，於是莊穎違背了王芮的忠告，主動聯絡上王神，從此便成為王神的『許願信箱』，協助王神以合法、非法之一切手段

懲戒惡人。

　　這在大部分人的眼裡也許是件好事，但工作內容卻非常危險，所以當初王芮才不願莊穎涉入其中。不過，莊穎聯絡王神不只是為了錢，他更想透過王神知道王芮的生死。

　　成為王神的許願信箱已經十年，賺取的錢也已經八輩子都花不完，可每次觸及王芮的話題，王神一定避談，總說王芮不在他的掌握之下，但莊穎知道王神只是不願告訴自己，畢竟天下根本沒有王神掌握不到的事，暗網系統、情報系統、經濟系統、監控系統，全受到王神的操弄。

　　信箱的必要價值觀即是『嚴懲惡人』，所以…即使傑濤真的毫無恨意，馮武天也已成為須嚴懲之對象。

　　盯著明信片上的數字，莊穎在腦中開啟了三維模式。

　　其實莊穎的大腦有他獨特的四維模式，一般人絕對無法理解他的思維及空間的疊合感，只要開啟四維模

式，所有隱藏的規律皆可立即導成一般化式子，在某些條件下甚至可觸動至五維，但是王神不許他開啟。

　　王神曾說過，數學家黎曼開啟五維能力後，1851年論證柯西-黎曼方程，之後更像開了外掛，不僅發揚微分幾何、建立黎曼空間概念，更證明四維空間的存在，而黎曼函數的橫空出世，雖然瞬間拉近了質數分佈問題的突破點，卻導致黎曼的身體與精神狀況皆無法在控制之內。

　　一旦啟動五維模式，人就會瞬間衰老、精神異常，王神即是如此！所以王神不讓底下的門徒開啟四維以上的模式，不只因為傷害身體，也因為有些數學問題會引起世界經濟和科技的改革，但目前人類尚無法適應那些變化，因此王神很嚴格限制著門徒。

　　明信片上的問題其實很簡單，莊穎只是專心、靜心看而已，立刻就看出了規律——把數字按順序連接，即會形成一個數字。

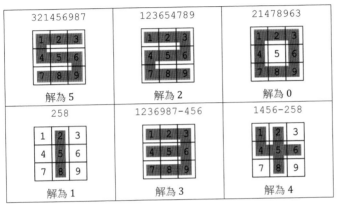

一解出密碼是5201314，莊穎立刻打開手機通訊軟體，在ID搜尋欄輸入了此密碼，搜尋到的帳號名稱就是『王芮』。

莊穎難掩悸動的心情，傳了訊息問道：『嗨！是妳嗎？』

王芮直接回了電話：「你這個笨蛋！怎麼會成為信箱呢？不知道很危險嗎！唉，你現在應該知道…我是誰了吧？」

莊穎：「能叫我不要加入，自己卻身處其中，忤逆王神又沒有被王神懲罰的人，除了王神的女兒，我真的

想不到其他身份了。」

王芮：「你真聰明，那我跟你說些你不知道的吧！其實你花錢照顧的那位女士跟我一點關係也沒有，惡魔大樓裡的主持人仙姿才是我媽，我爸只是想測試你是否會為了我花光錢。喔，對了，小書是我小媽生的小孩，也就是我同父異母的弟弟。」

一時之間，莊穎只能啞口無言…

兩人沈默了數十秒，王芮才打破僵局：「『樹屋信箱』的新任務即將啟動，編號是0720698，小書已打入馮武天的交友圈，正待命中。馮武天的母親在法律界被稱為武則天，他繼承了母親的獨斷蠻橫，也有父親的社交手腕及聰明腦袋，不好對付，強硬把他送入屠宰場或惡魔大樓都會引起軒然大波，所以這次王神命令我們用其它策略對他造成傷害。」

莊穎：「那就以夜店高級賭場當舞台吧！」

· · · · · · · · · · · · · · · · · · · · ·

位於私人山區正中心的這棟高級招待所，其實是個

提供各種特級服務的秘密地下賭場，裡頭有帥哥美女如
雲的公關組、喝不完的調酒及精緻美味的餐點，其內部
設施分成三階級，最基本的是『翡翠廳』，為一般會員
使用，年薪千萬以上的VIP則可選擇專屬男士的『黃金
廳』或專屬女士的『珍珠廳』，廳裡皆有美女公關或俊
男管家專門服務飲食和換籌碼需求，而最高級的『鑽石
廳』僅供給頂級會員使用，不只有停車場與專屬客房的
隱密電梯，更有溫泉、游泳池、網球場、高爾夫球場、
人造滑雪場、賽馬場等眾多設施，只要有錢，即使住上
一個月也不會膩。

　　小書和武天成為死黨後，他帶著武天到鑽石廳裡一
起吃喝玩樂，還訂了一間房給武天，同時也告誡武天千
萬別賭，靠著會員卡享受就好。

　　起初，武天確實只玩耍並觀望他人賭博，但住了幾
天，他發現服務人員似乎不重視他，甚至是看不起他，
而武天平時可是受眾人吹捧的高富帥，在這裡被無視的
情況實在讓他難以接受。

　　小書發現了武天的心思，有點好笑的說：「怎樣？
大公子哥受不了被冷落？你也別介意啦，服務人員都月

入數十萬，我們這種只吃住不賭的會員，他們拿不到佣金，當然也不會招呼你。」

武天：「那我小賭一下總可以吧？」

小書：「你瘋啦！雖然令尊是多間大企業法律顧問兼創投董事，但有資格到鑽石廳裡的人年收入都至少要上億，如果不是拿我爸的卡，我們才不可能站在這咧！你拿什麼資本跟別人小賭啊？除非是碰到『幸運梭哈』時間，否則身為你的朋友，我是絕對不會讓你去賭的，這裡不是開玩笑，欠錢你就別想出去了。」

武天：「幸運梭哈時間？那是什麼？我怎麼沒聽過？」

小書：「因為已經很久沒出現了，那要特定情況才會出現。」

武天：「怎樣才會出現？」

小書：「這間賭場是王神的，你出身名門，一定聽過他吧？王神極度討厭老千，一旦在這出老千被抓到，保安會把人拖到地下室去，用電鋸將他的手指頭一根根

鋸下來，並實況轉播到廳裡的大電視牆上，當作殺雞儆猴！這之後，賭客的心情或多或少會受影響，因此賭場會開啟半小時的幸運梭哈時間，玩梭哈的人可以看牌又換牌，你說算不算送錢？

偷偷告訴你，我平時根本不敢用我爸的錢賭，近五年我只遇到過一次幸運梭哈，才小賺了一千多萬，你別看旁邊很多人不賭，其實來這裡渡假的多數人都在等機會，敢玩的人，可能一次賺一億呢！」

這種機會雖然微乎其微，但武天仍若有所思的在腦中盤算怎麼引發幸運梭哈時間，並將此事向他的律師父親稟告，希望他的父親也能來辦一張鑽石卡。

想好策略後，武天跑去找小書喝酒：「我司法官考試沒過，我也不喜歡那樣的生活，如果我賺了一億回家，我爸媽一定會刮目相看，所以我想了個辦法觸發幸運梭哈。對了，幸運梭哈時，誰有權和莊家對賭，而不是只有押注？」

小書故意輕蔑的回答：「和百家樂一樣，出最多錢的才有機會，可是這裡的人都很有錢，即使用盡你家的

財產，你恐怕都不夠去對賭呢。」

武天有點惱怒：「夠不夠不用你操心，先告訴我幸運梭哈的規則啦！」

小書：「規則很簡單，莊家會把9、10、J、Q、K、A這幾張大點數的牌全部取出，接著大約分成一半，讓莊家和玩家各自洗牌，並由玩家決定兩疊牌要疊成一疊時，自己的牌要放上方或是下方，最後玩家開始下注，賭注一賠一。

第一場，莊家會先各發一張牌面向下的底牌，玩家可決定是否交換，決定後莊家會再繼續發給彼此第二張、第三張、第四張牌，且牌面皆朝上，每一張牌，玩家都能決定是否與莊家交換，只有最後一張不能換，必須直接開牌，這一場玩家的勝率有90%以上。

第二場，莊家會先各發一張牌面向上的底牌，和前一場不同的是，莊家每次詢問是否交換時，玩家可以選擇將自己的任一張牌與莊家的任一張牌交換，一樣只有最後一張不能換，這一場玩家的勝率有98%以上，這種事是不可能出現在任何一家賭場的。」

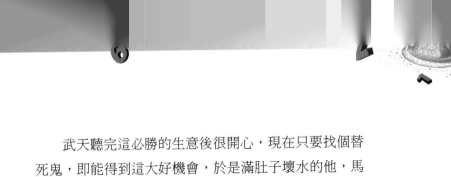

　　武天聽完這必勝的生意後很開心，現在只要找個替死鬼，即能得到這大好機會，於是滿肚子壞水的他，馬上物色了一名條件符合的中年男子，這名男子才剛輸光財產，會員卡也被取消，正坐在吧檯喝酒痛哭，身旁的漂亮女伴立刻劃清界線，他一定很想翻本，只要對他洗腦，他絕對會豁出去。

　　武天要小書下山幫忙準備一些東西，自己則抓著這極好的機會，開始和這名中年男子套近乎。

　　武天告訴中年男子：「他們太現實了，好歹您也曾是鑽石會員，我有個方法能幫您奪回一切，資金我出，若您輸了都算我的，贏了只要把本金還我就好。請教大哥貴姓？我們既然有緣相識，我請您喝一杯，再告訴您必勝策略。」

　　中年男子：「我姓黃，名慶聞。你說的方法該不會是耍老千吧？」

　　武天：「當然不是，完全合法，只是增加我們的勝率，牌是賭場的、發牌的人是他們，難道還能怪我們贏錢不成？您也不年輕了，一個男人失去一切，若拼不

回來，人生有什麼意義？您別擔心，我用這策略贏過好多次了，等一下我給您兩千萬本金，讓您把那些狗眼看人低的傢伙嗆一頓，他們就知道您聞哥有人脈、有實力！」

慶聞：「那你說的策略到底是什麼？」

武天：「這裡人多，我們回房間說吧！」

房間裡，武天拿出紙筆：「您看一下撲克牌的背面，這家賭場使用的牌有白邊，每副牌在印刷上都會有些微偏差，無法完全精準。鑽石廳無賭資上限，您等一下在百家樂取新牌時進場，下賭注一千萬，然後以改運為由，在驗牌時要求荷官旋轉大牌180度，這時候荷官再洗牌也不會轉向了，所以您只要看荷官牌盒最上方之白邊，即可知道大牌的時機，這樣您的勝率就會大增了。」

武天拿出一副類似的牌陪慶聞練習，慶聞越練越順，於是慶聞決定明天一早去開戰，武天便高興的告訴小書說自己已經找到替死鬼，叫小書準備好錢，預備大賺一筆。

　　小書答應武天後，即刻傳訊息給莊穎：『禿驢走上橋，明早要屠夫。』

　　莊穎換上標準服裝，在慶聞開賭時站上荷官的位置。慶聞按照武天的策略，手氣果然極佳，連贏了好幾把，但當慶聞贏到五千多萬時，荷官突然喊暫停，並要保安過來。

　　莊穎指著慶聞說：「這位先生出千！」

　　慶聞不愧是見過大風大浪的老闆，他淡定的回應：「牌是你們的，也是你發的，出什麼千？怎麼出？」

　　莊穎笑了笑：「你使用的是美國職業賭徒艾維（Phil Ivey）旋轉牌的牌背辨識法，這個策略在賭術界非常出名，沒有荷官不知道，也因為該事件，全世界可以讓玩家碰牌的豪賭區，在2013年後皆把此策略列入了專業荷官的受訓項目。

　　我知道你昨天輸很多錢，本想著給你幾局的機會，讓你贏回一點，不跟你計較、不拆穿你，但是你手上塗著隱形墨水，只要遇到大牌就瞇牌，讓大牌沾上藥水，

這種行為便是出老千了。」

慶聞大吼：「什麼鬼東西！我哪有用藥水！」

莊穎命人拿檢視鏡來檢測，慶聞手上果然都是藥水，連飲料杯上也有，估計是先將杯子塗上藥水，再沾到手上。慶聞大驚失色嚷著被人陷害，一旁的武天卻完全若無其事，彷彿早已知道，慶聞這才明白自己被設計了。

被抓到地下室的慶聞一直不斷大喊：「為什麼要害我？為什麼！」

賭場的大電視牆直播了電鋸和手的特寫，血腥的畫面理應讓人恐懼，可是賭客們都是商場強人，甚至是狂人，除了不能有害怕的表現，更為著即將要舉行的『幸運梭哈』而欣喜。

莊穎宣佈：「鑽石廳必須先封場，十分鐘後將開始幸運梭哈，全區有會員資格的皆可參與。」

這是五年來賭場再次大放送的機會，現場無人不歡喜尖叫，摩拳擦掌著準備豪賭一番，連大電視牆都投影

著鑽石廳的賭桌。

武天向小書說：「如果沒有賭資上限，那不需要賭第一場吧？第一場仍有機會輸，但是第二場幾乎穩贏，身家投下去都沒問題，我想全賭第二場。」

小書：「話雖這樣說沒錯，但這裡的每一位大老闆還是會賣這間招待所的總監面子，如果倒莊，總監遭受王神處罰，大家也會不好意思，一般大多只賭三四千萬左右，你別太貪心啊。」

武天：「拜託！王神根本富可敵國，而且有錢人都睡得晚，一些已經去打高爾夫的富豪也不可能有失氣度和風範打到一半趕來，加上今天又非假日高峰，所以現場有資格的會員不多，花不了他九牛一毛，我要一把定江山！」

小書聳聳肩：「你自己決定吧，第一場賭多少會決定第二場的主導權，你想把命運交給一些笨蛋嗎？我是沒差啦，幾百萬我還玩得起。」

武天猶豫了一下，突然衝到賭桌前說：「我賭

一億！」

　　大家看這年輕人勢在必得，而且不怕得罪賭場總監，紛紛樂見其成，由他擔任代表對賭。

　　莊穎靈巧的拆開一副新牌，並直接攤開在桌上，將9、10、J、Q、K、A取出，同時讓大家檢查牌堆中是否仍有大點數的牌，才把小點數的牌收到一旁。接著莊穎將大點數的牌分成兩疊，一疊給武天，一疊給自己。

　　兩人洗完牌後，莊穎詢問武天：「您想將您的牌放上方還是下方？」

　　武天：「我要放上方！」

　　第一場牌局開始。

　　莊穎由武天開始發牌，第一張是牌面向下的底牌。
玩家：9（蓋牌）
莊家：未知

　　因為拿到最小的9，武天立刻要求交換底牌。

莊穎發第二張牌給彼此，牌面向上。

玩家：Q（蓋牌）、10

莊家：9（蓋牌）、Q

武天要求將自己的第二張10與莊家的第二張Q交換，讓自己擁有一對Q。

莊穎發第三張牌給彼此，牌面向上。

玩家：Q（蓋牌）、Q、Q

莊家：9（蓋牌）、10、10

有三張Q的武天決定不交換第三張牌。

莊穎發第四張牌給彼此，牌面向上。

玩家：Q（蓋牌）、Q、Q、10

莊家：9（蓋牌）、10、10、9

大牌一共24張，目前已出現三張Q、三張10、兩張9，剩下16張。

武天在心裡計算著，如果不換牌，獲勝的可能牌型為：

(1) 第五張牌是Q，則鐵支必勝。

(2) 第五張牌是10，則葫蘆必勝。

(3) 第五張牌不是Q或10，且莊家的第五張牌不是10或9，則以三條獲勝。

獲勝機率為 $\left(\frac{1}{16} \times \frac{15}{15}\right) + \left(\frac{1}{16} \times \frac{15}{15}\right) + \left(\frac{2}{16} \times \frac{13}{15} + \frac{12}{16} \times \frac{12}{15}\right)$ $= \frac{5}{6} = 83.33\%$ ，而如果換牌，獲勝的可能牌型則為：

(1) 第五張牌是Q，則鐵支必勝。

(2) 第五張牌是9，且莊家的第五張牌不是10，則以葫蘆獲勝。

(3) 第五張牌不是Q或9，且莊家的第五張牌不是10或9，則以三條獲勝。

獲勝機率為 $\left(\frac{1}{16} \times \frac{15}{15}\right) + \left(\frac{2}{16} \times \frac{14}{15}\right) + \left(\frac{1}{16} \times \frac{13}{15} + \frac{12}{16} \times \frac{12}{15}\right)$ $= \frac{5}{6} = 83.33\%$ ，與不換牌的獲勝機率相同。

　　雖然換不換牌的獲勝機率一樣，但武天仍要求將自己的第四張10與莊家的第四張9交換，只因換牌後可以拿到漂亮葫蘆的可能性較高。

　　莊穎發第五張牌給彼此，牌面向下，此時已不能交換。

玩家：Q（蓋牌）、Q、Q、9、未知

莊家：9（蓋牌）、10、10、10、未知

莊穎和武天一起將牌打開看最後結果。

玩家：Q、Q、Q、9、9

莊家：9、10、10、10、K

武天以葫蘆戰勝莊穎的三條！

　　看到武天成功賺取一億元，全場皆大聲歡呼，接下來的第二場，勝利女神會更靠近玩家，武天興奮極了，他對自己的聰明感到相當得意，認為結果全在計算之中，絲毫沒有對慶聞的愧意，也不顧慮總監冷汗直流的徬徨。

第二場開始，幾乎所有人都收回了一點錢，畢竟大家要賣人情給總監，只有武天義無反顧火力全開的將兩億全押到第二場。

第二場牌局開始。

莊穎由自己開始發牌，第一張是牌面向上的底牌。
莊家：J
玩家：A

第一張就拿到最大的A，武天決定不交換底牌。

莊穎發第二張牌給彼此，牌面向上。
莊家：J、K
玩家：A、J

武天要求將自己的第一張A與莊家的第一張J交換，讓自己擁有一對J。

莊穎發第三張牌給彼此，牌面向上。
莊家：A、K、A
玩家：J、J、K

　　看到莊穎有一對A，武天便要求將自己的第二張J與莊家的第三張A交換，讓兩邊的牌型勢均力敵，這種安全的選擇，對有更換權的玩家才較有利。

　　莊穎發第四張牌給彼此，牌面向上。
　　莊家：A、K、J、J
　　玩家：J、A、K、K

　　武天很想照著第一場的方式計算獲勝機率，可是第二場可以任意換牌，可能性實在太多了，一時也難以計算，於是武天僅憑直覺，要求將自己的第一張J與莊家的第二張K交換，如此一來兩邊皆有一張A，自己的三張K又比莊家的三張J還大，獲勝機率一定高那麼一些。

　　莊穎發第五張牌給彼此，牌面向下，此時已不能交換。
　　莊家：A、J、J、J、未知
　　玩家：K、A、K、K、未知

　　莊穎和武天一起將牌打開看最後結果。
　　莊家：A、J、J、J、A
　　玩家：K、A、K、K、Q

莊穎以葫蘆戰勝武天的三條！

武天完全不敢相信，他瞪大的眼睛已失了神，激情過後的平靜，全場只有他輸的一敗塗地。

幾天後，由於資金全被武天輸光，武天父親的事業及投資皆遭凍結，幾乎站在破產邊緣，母親也因一些舉報而停職接受調查，一家人陷入愁雲慘霧之中。此時，慶聞突然到武天家拜訪，武天以為慶聞來尋仇，嚇得魂飛魄散，沒想到慶聞居然是要送錢給武天的父親馮震。

當年忠厚老實的慶聞，工廠被股東詐騙，又惡意轉移產權及壟斷市場，讓他被其他股東以詐欺主謀提告，若不是馮震照顧他並幫他打官司，他早就被打死，甚至在監獄受折磨了，如今慶聞能有機會在商場上佔一席之地，都是因著馮震的恩情。

慶聞：「馮律師，我就直說了，令公子多次嗑藥酒駕，雖靠著您們夫妻二人擺平，但有個十分憎恨武天的人啟動了王神的許願信箱，原本不只要讓您們家破產，其實還打算弄殘武天。

我在王神集團旗下工作，主管知道我一直將欠您的人情放在心上，我也常為您們一家求情，但武天太冥頑不靈，步步踏錯又沒有良善之心，弄殘他已被定為必要之刑！所以…」

慶聞伸出了自己的左手：「為回報您當年的恩情，我代替武天承受了。還好『樹屋信箱』覺得我是善良的人，真正砍斷的只有一隻小指，又讓最強的醫療團隊替我接回，雖受了點痛，但靠復健就能恢復正常。可是武天啊，我必須叮嚀你一句，你過去的罪過還有父母福報蔽蔭著，以後你得好自為之了，你若不尊重他人的性命及人生，你的人生也不會尊重你。」

馮震律師和武則天法官感動落淚，同時狠瞪了武天。

慶聞臨走前又說：「如果不嫌棄，我的工廠尚有幾個職位空缺，福利制度還不錯，雖都是勞力活，無法奢華享受，可是能讓全家人樸實的生活，熬過了，就能體悟生命；放不下，只能受！您們現在人人喊打又被媒體緊盯報導，加上房子即將被法拍，應該身心都是煎熬，

到我這即可簡簡單單，馮律師您考慮考慮。」

. . . . . . . . . . . . . . . . . . . . . . .

招待所內的賭具不到一天就收拾完了，莊穎和小書直接在所裡的咖啡廳檢討這次的計畫。

莊穎：「美國職業賭徒艾維（Phil Ivey）旋轉牌的牌背辨識法，如果武天不上鉤，你打算怎麼做？」

小書：「我會親自執行這個方式，看他是否會勸退我，以測試他的善良。」

莊穎：「隱形藥水的資訊，你是如何透露給他的？」

小書：「我設定他房間重播電影『賭神』的情節，然後故意先搜尋過藥水，讓大數據留下紀錄，他的臉書跟網頁就會一直推播藥水的販賣資訊，不斷受到暗示的他自己會自動聯想。這是老師您以前教我數學時使用的前後脈絡連結法，學生總會自動產生完形認知答案。」

莊穎：「非常好，目前的狀況是？」

小書：「他母親貪汙的事已證據確鑿，必定入獄，而他父親曾擔任白手套，那些他替財團迫害的受害者，加上他為武天而恐嚇過的人，現在都瘋狂的去找他麻煩，與當年意氣風發的樣子相比，現在的他們根本是過街老鼠。」

莊穎：「馮震沒去工廠？」

小書：「有，可是只做兩天，現在躲在鄉下的旅館，整日喝酒，猶如爛泥，似乎沒有我們出手的必要了。」

莊穎：「武天呢？需要人為影響嗎？」

小書：「武天前天帶了媒體和警察舉報我們這裡是地下賭場，可是賭客不得使用手機，怪盜組的同事也偷過他的手機進行核對，確定他沒有任何證據，所以總監反對他提出誣告。而這幾天他的毒癮越來越嚴重，又沒錢買毒品，讓他開始出現精神異常及暴力行為，為避免無辜人受害，意外組已準備進行人為操弄。」

莊穎：「你聯繫一下慶聞，告訴他，人情既還，天助自助者，一旦團隊介入他就不可以插手了。

把武天的意外弄成特殊事件，叫除爸（【魔數術學】中的物流老闆）以物流貨車封路，讓毒販在無人的山上和武天交易，並把『惡魔大樓』的屍體偽裝成被武天開車撞死的。

將這則新聞交給小瑩姊（【逆轉騙數】中的美女主播，現在是執行長）和小加（【魔數術學】中的記者，現在是主播），告訴她們，上新聞時順便彙整武天所有的肇事及傷人事件，這次一定要讓武天斷一手一腳再入獄。

如果武天在機會點扭轉，就輔導他做善事，服務行動不方便的患者，並認真考上律師執照，成為為民服務的好律師，替他的法律世家重振復興。」

小書：「老師，機會點要設在哪個環節？」

『樹屋信箱』是王神眾多許願信箱中最特殊的一個，莊穎會在整個計畫的最後設一個回頭的機會點，讓

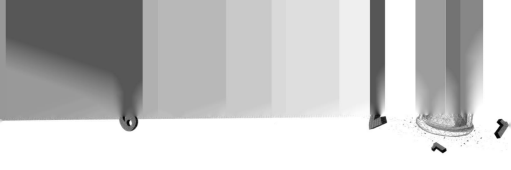

目標有向善的選項。

　　莊穎：「武天找不到父親應該會很擔心，找個年紀和馮震一樣的人倒在路邊求救，他若去救人，派一部車撞斷他一隻腳，如果他能忍住毒癮，沒有上山買毒品，就是救了他自己，只要武天在這個機會點扭轉，便通知小瑩姊把新聞標題改為『紈絝子弟捨身救人，自首戒毒圖奮發』，但腳是註定要賠的，還要把所有被害人資料給他，要他拄著枴杖一家家道歉，最後讓慶聞輔導他行善走向正途，一切造化全在他手上了。」

　　小書：「老師，題外話，您和王芮姊姊是不是故意不碰面？有些事您問我，我也無法完全傳達姊姊的心境，為什麼您們不見面好好聊聊？」

　　莊穎：「當年的【逆轉騙數】對我是測試也好、不想我涉入也罷，時間早已沉澱了所有想問的問題、想說的言語，曾心痛的也不痛了。王芮就是一個相知的故人，情誼和你一樣，都是我一生重要的朋友，我很榮幸認識你們，見不見面都無所謂，不需刻意。」

　　莊穎喝了一口柳橙汁，閉上眼睛，舒服的躺在沙發

椅上說：「時間是唯一公平的量化單位，努力一百遍，才有能力應變百變。小書，去把那個賭術技巧練習個一百遍吧！」

小書：「老師，努力一百遍我就會成功嗎？」

莊穎：「只是離極致近了點、習慣了點，讓你的下一次的一百遍更好。」

· · · · · · · · · · · · · · · · · · · · · · · · · · · · · ·

兩個月後，白天去工廠工作、晚上認真念書的武天，在假日拄著柺杖到處去服務當年的受害者，儘管被打、被罵，也只是低頭道歉，沒有絲毫退縮。

武天終於找到了父親馮震，並對厭世的馮震說：「爸，別擔心，換我養您！不要再喝酒了，教我律師的實務與專業好嗎？您可以考考我，看我有沒有比以前進步，如果能向您學習，我一定會更努力、更充實。我們一起面對吧，總有一天，我們要全家人幸福的在一起，您要為了我和媽媽堅持下去呀！」

　　馮震滿臉淚水：「兒啊，都怪我沒有把你教好，只顧著忙事業…忽略了你…你的腳都是我的錯…」

　　武天抱住馮震：「爸，我的錯根本不可原諒，能活著，都是靠您的福報跟慶聞叔照顧！若不是您和媽犧牲了半輩子、慶聞叔犧牲了一隻手指，我怎麼可能只花一隻腳就贖罪？我現在能記取教訓，表示老天爺很看顧我了！爸，您一定要記得，我們好不容易安穩一點，讓我每天都能向您說聲晚安、說聲我愛你，好嗎？這是我唯一的快樂和請求。」

　　原來幸福既簡單也很近，都是因為沒有珍惜才失去！

## 解密：百變・百遍

樹屋小語

時間是唯一公平的量化單位，
努力一百遍，
才有能力應變百變。

### 『數』屋魔術

從一副雜亂之撲克牌抽出大牌即可達到必勝效果。

正面：

效果步驟

1、魔數師將大牌分成兩堆，交由觀眾和自己分別洗牌，兩疊洗好的牌要疊回一疊時，觀眾可決定哪疊放上方。

2、雖然規則對觀眾有利，但魔數師只要每一張皆『先發給自己再發給觀眾』，即可連贏兩次。

3、第一場：魔數師各發一張牌面向下的底牌，觀眾可決定是否交換，決定後魔數師再繼續發給彼此第二張、第三張、第四張牌，且牌面皆朝上，每一張牌觀眾都能決定是否與魔數師交換，只有最後一張不能換，必須直接開牌。

4、第一場觀眾的勝率高，結果卻是由魔數師獲勝。

5、第二場：魔數師各發一張牌面向上的底牌，而魔數師每次詢問是否交換時，觀眾可以選擇將自己的任一張牌與魔數師的任一張牌交換，只有最後一張不能換，必須直接開牌。

6、第二場觀眾的勝率極高，結果卻仍是魔數師獲勝。

### 方法步驟

1、先設定一副牌：

(1) 取出♠9、♠10、♠J、♠Q、♠K、♠A，將它們藏在牌盒裡面。下圖為示意圖：

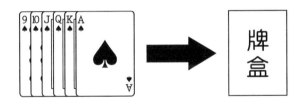

(2) 把剩餘的大牌分成Q、K、A九張一組及9、10、J九張一組。下圖為分組示意圖：

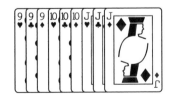

(3) 將9、10、J九張大牌亂序設定於整副牌之前半部，Q、K、A九張
大牌亂序設定於整副牌之後半部。下圖為牌序範例示意圖：

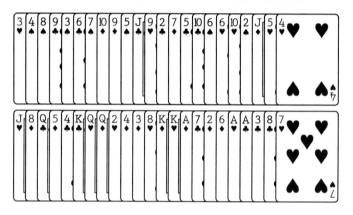

2、將牌展開給觀眾看，並在觀眾面前把9、10、J、Q、K、A這些大點
數的牌往上推，但推出後不要展開，避免觀眾發現沒有黑桃。下
圖為示意圖：

3、取出大牌,把小點數的牌堆交給觀眾檢查是否有大牌遺漏,觀眾檢查後再收進牌盒裡,此時黑桃大牌會還原進牌堆內,待遊戲結束,把用來發牌的大牌與牌盒中的牌疊成一疊即是一副正常的牌,可讓觀眾再次檢視。

4、觀眾不知道大牌已被分成兩組,按照分組將大牌自然的分成兩疊,並面朝下交給觀眾洗牌,且由觀眾選擇如何疊成一疊,接著即可開始遊戲。

5、牌堆中的第十張牌是左右勝負的關鍵,只要每張皆依照『先發給自己再發給觀眾』的順序發牌,讓觀眾的第五張是關鍵牌,如此一來,即使觀眾要把前八張隨意交換,拿到關鍵牌的觀眾必輸。

6、第一場獲勝後,仍可把牌收成兩疊,將未發過的大牌及第一場的第十張(觀眾的第五張)交給觀眾洗牌,並疊至已發過的牌堆上,再進行第二場。

這個魔術其實有個更精彩的結尾,可以將牌完全交給觀眾自己洗、自己發,最後仍是觀眾輸,但因效果涉及專業紙牌手法機密,本書不會公開此方式,僅以數學的性質討論與讀者分享。另外,故事中拆一副新牌的展現方式也確實能做到,表示十賭九詐,遠離賭博是最好的詐術防身方法。

## 數學原理

在高中數學的機率課程中，撲克牌考題是很常見的，但有些學生對於梭哈的牌型大小與意義不甚清楚，以下將列出52張牌玩梭哈的牌型及機率，可當成課程練習與常識。

首先，從52張牌中任意取出5張牌的組合數為 $C_5^{52} = 2598960$，而所有的牌型為：

| 牌型 | 解釋 | 組合數 | 機率 |
|---|---|---|---|
| 同花大順<br>royal flush | 同花色的 A、K、Q、J、10。例：♠A、♠K、♠Q、♠J、♠10。 | $C_1^1 \times C_1^4 = 4$ | 0.0001539% |
| 同花順<br>straight flush | 同花大順外，五張同花色且點數為連續數的牌。例：♥J、♥10、♥9、♥8、♥7。 | $C_1^9 \times C_1^4 = 36$ | 0.0013852% |
| 四條、鐵支<br>four of a kind | 四張同點數的牌加一張牌。例：♠2、♥2、♣2、♦2、♣4。 | $C_1^{13} \times C_4^4 \times C_1^{12} \times C_1^4$<br>$= C_1^{13} \times C_4^4 \times C_1^{48}$<br>$= 624$ | 0.0240096% |
| 葫蘆、滿堂紅<br>full house | 三張同點數的牌加另外兩張同點數的牌。例：♠6、♣6、♦6、♠A、♥A。 | $C_1^{13} \times C_3^4 \times C_1^{12} \times C_2^4$<br>$= 3744$ | 0.1440576% |
| 同花<br>flush | 五張同花色且點數不為連續數的牌。例：♣Q、♣8、♣7、♣5、♣3。 | $C_5^{13} \times C_1^4 - 4 - 36$<br>$= 5108$ | 0.1965402% |
| 順子<br>straight | 五張不全同花色且點數為連續數的牌。例：♦10、♠9、♣8、♥7、♥6。 | $C_1^{10} \times (C_1^4)^5 - 4 - 36$<br>$= 10200$ | 0.3924647% |

| 牌型 | 解釋 | 組合數 | 機率 |
|---|---|---|---|
| 三條<br>three of a kind | 三張同點數的牌加兩張不同點數的牌。例：♠9、♥9、♣9、♥3、♦8。 | $C_1^{13} \times C_3^4 \times C_2^{12} \times (C_1^4)^2$<br>$= 54912$ | 2.1128451% |
| 兩對<br>two pair | 兩組不同點數的牌各兩張加一張不同點數的牌。例：♠7、♣7、♥5、♣5、♠J。 | $C_2^{13} \times (C_2^4)^2 \times C_1^{11} \times C_1^4$<br>$= C_2^{13} \times (C_2^4)^2 \times C_1^{44}$<br>$= 123552$ | 4.7539016% |
| 一對<br>one pair | 兩張同點數的牌加三張不同點數的牌。例：♥Q、♦Q、♣9、♠8、♣7。 | $C_1^{13} \times C_2^4 \times C_3^{12} \times (C_1^4)^3$<br>$= 1098240$ | 42.256903% |
| 散牌<br>high card | 上述九種牌型以外的五張牌。 | $(C_5^{13} - C_1^{10})$<br>$\times ((C_1^4)^5 - C_1^4)$<br>$= 1302540$ | 50.117739% |

在本章賭局的設定裡，四花色的撲克牌少了其中一種花色，就不可能湊出鐵支，加上大牌又被分兩組，所以同一組牌中也不會有順子、同花、一對、散牌，排除上述的可能性後，牌型僅剩葫蘆、三條、兩對。

兩人對賭共需十張牌，由於兩組大牌分別各九張，換言之，前九張發的牌皆為同一組大牌，屬於另一組的第十張牌對前九張毫無益處。

以Q、K、A這組為例，前九張牌可以湊出葫蘆、三條、兩對，則魔數師的牌型以及觀眾對應的牌型分析如下（X表示另一組的某張牌）：

(1) 若魔數師牌型為葫蘆（Q-Q-Q-K-K），觀眾牌型必為三條（A-A-A-K-X），魔數師獲勝。

(2) 若魔數師牌型為三條（Q-Q-Q-K-A），觀眾牌型必為兩對（A-A-K-K-X），魔數師獲勝。

(3) 若魔數師牌型為兩對（Q-Q-K-K-A），觀眾牌型必為一對（A-A-K-Q-X），魔數師獲勝。

因此拿到第十張左右勝負之關鍵牌的觀眾必輸。

**小叮嚀**

做人的底線是不害人，多結善緣才有福報；做事的底線是不貪心，因為幸運之神只能邂逅不會有人推上門。就像這個撲克牌遊戲，雖然給玩家的優惠非常誘人，卻一切都在莊家的控制之中。

Part 4

年限
連線

今天的樹屋非常熱鬧，因為濤爸大廚正式進駐了，孩子們一起吃著剛出爐的點心，對於樹屋終於出現不一樣的美味感到非常開心。濤爸長期配合婚喪喜慶等外燴宴會，因此他習得了一個摺氣球的技能，所以孩子們除了有點心吃，還有寶劍、帽子、小狗等氣球玩具可以玩，大家都樂歪了。

莊穎對雪倫苦笑說：「哭哭，我要失寵了⋯」

雪倫接腔：「喔不，你太抬舉自己了，你只有三寶，失寵的是我才對，你從來就不算是個廚師。」

莊穎故意做出委屈的表情，逗得孩子們哈哈大笑。

濤爸知道整個廚房都是莊穎幫他設計及建造的，他看著完全符合身高高度和輪椅動線的區域，感動的對莊穎說：「謝謝莊老闆賞臉，以後請您多多關照，哪樣菜不好吃、吃不慣，儘管說，我一定會做到大家滿意！」

莊穎立刻給濤爸一個大擁抱：「是我要感謝您來救我這間三寶店，我相信有您這位廚神之後，我的店一定會人滿為患，您看看，我那片空地是不是該來建餐廳

了？這裡要是客人太多，鐵定太擁擠。」

　　傑濤一直躲在門外擦眼淚，不敢讓濤爸看見，他已經好久好久沒看到自己的父親這麼開心了！

　　傑濤主動向莊穎提議用網路宣傳，讓樹屋變成美食景點，懂事的他還總是搶著洗廁所，如果其他孩子問他為什麼，他都說：「洗樹屋的廁所會有好運！」

　　其實莊穎很清楚，傑濤之所以常常幫忙出主意、工作挑辛苦的做，是因為他知道莊穎照顧這麼多孩子的開銷必定很大，一心一意想用自己的方式幫莊穎分憂解勞。莊穎同意了傑濤的提案，他既欣慰也樂觀其成，即使莊穎已經非常富有，但他仍希望孩子可以自律並積極，靠他們自己的努力換取應得的報酬。

　　莊穎走到樹屋外打掃，將滿地的落葉清出一條乾淨的道路，淡黃色的葉片鋪在兩邊，令人彷彿置身於充滿泛黃回憶的時光隧道中。此時鈴可突然默默的出現在路旁，眼眶中的淚正不斷打轉，莊穎沒有開口，而是先摟著鈴可，鈴可這才放聲大哭。

鈴可是莊穎以前的一位學生，與外公相依為命，高中時身高158公分、體重42公斤，一心夢想當上老師的她，細心、體貼、親切，加上擁有高顏值及負責任的特性，在當實習老師時就已人見人愛。鈴可順利考上老師後，除了照顧外公，多餘的錢都回饋給樹屋，希望樹屋可以繼續幫助像她一樣需要一個家的孩子。

　　這一年，鈴可變得非常辛苦，臉色憔悴了不少，身材也突然發胖，她被不懂事的學生取了胖虎這個綽號，甚至連同事們都這樣稱呼她、嘲笑她不自愛，但鈴可一切的變化都是為了外公。

　　鈴可的外公患有再生障礙性貧血，這是一種造血功能衰竭的綜合症，臨床上以貧血、出血、感染為主要病徵，想根治必須移植骨髓，否則只要內出血，隨時有生命危害，所以鈴可放棄了國外進修、博士學位深造，更拋下最喜歡的芭蕾舞蹈與每個人都放不下的美麗外表，一心一意努力增胖自己，只為達到醫療捐髓條件。

　　減肥不易，其實增胖也難，不喜歡的油炸物、甜食、五花肉，女孩必須強迫自己吃，看著腿一點一點變

粗、肚子一天一天變大、臉開始浮現雙下巴，再漂亮的衣服，都只剩下衣櫃展示的功能，昔日的女神老師，今日是胖虎老師，同事總對她冷嘲熱諷，連男友都選擇離棄她，沒人知道她此生最重視的夢想是讓外公享福，而不是外表。

醫院裡的測試是生理上的痛、被言語霸凌是心理上的痛，但為了外公，鈴可堅定又勇敢，從來沒有收起笑容，總是安撫外公說測試跟打預防針一樣簡單、變胖是為了健康。

鈴可的父母在她五歲時就蒙上帝召懷，是外公邊當水泥工邊拉拔她長大的，以前只要外公上工，都是莊穎陪伴她、教導她。這一年來，雖然鈴可的笑容仍甜美的如偶像明星一般，但莊穎知道她一定很辛苦，今天看她這樣，身為老師的莊穎特心疼、特不捨。

待鈴可情緒平復些，莊穎才詢問她哭泣的原因，鈴可難過的述說：「老師，我之前認識了一個編輯，他叫做倚輝，舉止像英國紳士一樣優雅，演說也非常有魅力。

有一次他在演說中強調人人皆可出書，因為每個人都是一本故事獨特的暢銷書，而出書之後，還可以成為講師，對聽眾分享人生經驗與書中巧思，讓更多人獲益。聽完他的話，當場就有兩百多人被他感動，因為我想在獲得博士學位前出一本關於語言文法認知心理的公式書，幫助大家更容易學習新語言，所以包含我在內，大概有八十幾位繳交二十萬的進階課程學費，準備向他學習。」

　　鈴可再次滴下淚水：「上進階課程時，倚輝很喜歡我的著作，認定我的書一定會大賣，希望我出版五千本，可是我只是素人作家，出版社要採用分帳的責任制，加上宣傳及安排課程的費用，初估價就要一百萬，一開始我很猶豫，但倚輝鼓勵我嘗試，並保證可以靠版稅和課程賺錢，我便真的試了。

　　沒想到，那間出版社的排版粗糙、印製品質低劣，我本來還滿懷期待的想把書給外公、老師、同事和學生們看，可是一看到書的成品心就涼了大半，出版不到一個月的時間，所有知名的網路書店跟實體店面都要求退書，更遑論後續的網路推廣和相關課程了，這根本是一場騙局！我上網查了類似的案件，才發現那是典型的日本出版詐騙

案例，但出版社技高一籌，所有事項完全依照合約，靠法律根本告不贏。」

說到激動處，鈴可忍不住哽咽：「那個倚輝更是一個大騙子！我去年底分手後，他立刻跟我告白，說他其實一直喜歡我，即使我變胖他也不在乎，發生出版社事件時，他向我保證會幫我找更優質的出版社合作，叫我不要難過，我便被他安撫了。

大約又過了半個月，有一天他突然對我說，他賺錢最主要的管道不是靠出版和上課，而是投資企業，還叫我把錢給他去投資。當時我們正在熱戀，我不疑有他，所以真的給他一百萬，而賺了幾個月的紅利後，他說想投資大一點，我就又把外公的開刀預備金跟積蓄一起給他，一共給了他一百七十萬，結果他居然立刻以我變醜、變胖為由和我分手！

我實在太蠢了，前後總共失去了二百多萬的積蓄，可是因為沒有任何憑據，我一毛錢都拿不回來。後來我調查他，才發現他專門騙財、騙色，但只要有人敢散佈他的壞話，就會被告或被黑道折磨，所以即便我想報

復，卻拿他一點辦法也沒有…老師，我聽說樹屋有王神的許願信箱，您可不可以告訴我在哪裡？我希望倚輝得到應有的懲罰！」

莊穎拍拍鈴可的背：「妳把怨恨先寫下來，我找機會幫妳投去信箱，但不一定成功。我們先解決眼前的問題，明天我會請師母開一張支票給妳，妳拿去處理外公的移植手術，也調理一下自己的身體，妳現在的樣子會嚇著外公的，更何況如果妳不健康要怎麼照顧外公？」

鈴可低著頭沒有回應，莊穎知道鈴可的心思，但至少解決醫療費用可以先安定鈴可的心。

在日本，詐騙者常利用出書、出唱片、辦畫展等各種素人的出版夢做出版詐騙，曾害慘許多有夢想的年輕人，一旦受騙，損失錢恐怕還不嚴重，更可怕的是作品會像垃圾一樣被嘲笑及踐踏，一輩子的珍藏與心血被毀滅，嚴重性等同人生是個玩笑，許多人遭受這樣的打擊，都會選擇自殺這種最不好的方式結束一生。

莊穎知道鈴可一定會為了外公堅持下去，因此只要先解決錢的問題，接下來就剩下…解決敗類了，他

發了一則訊息給王芮：『樹屋信箱新任務啟動，編號0830979，反制出版詐騙行動。』

　　小書著手調查倚輝的資料，發現他財產高達兩億，興趣是收藏跑車跟撩妹，由於有錢、有品味、長得帥又有幽默感，基本上身邊總是圍繞年輕女性，而整個懲罰詐騙的作戰計畫，當然也將以此為重點了。

• • • • • • • • • • • • • • • • • • • • • • • •

　　身穿一襲連身洋裝的王芮，從瑪莎拉蒂名車的駕駛座華麗下車，她利用王神旗下一家子公司掛名副總，在業界是個女強人，但在名媛圈卻是個出名的羞澀姑娘，這樣的背景條件必定能吸引倚輝那種小白臉。

　　宴會中，亮眼的王芮很快就被倚輝搭訕了，王芮透露出自己想出書分享這幾年在商場上的心路歷程，書名打算定為『芮不可當』，倚輝立刻浮誇的讚嘆道：「一語雙關，漂亮！既有女強人的霸氣，又有種不要這樣生活下去的遺憾。要我說啊，真的能匹配您的男人實在太少了，如果有號碼牌可以領，我多久都願意等啊！」

王芮嬌羞的笑了笑，她舉起香檳敬倚輝，同時告訴倚輝少撩妹，自己對這類型的男性最沒免疫力。

　　倚輝聽了，立刻切入主題：「王副總，是這樣的，出版業現在並不好做，基本上不大敢投資您這樣的素人作者，所以會要求您合作出版，也就是印刷、通路宣傳等費用，您都必須支付。」

　　王芮：「啊？那跟自己花錢出書搞知名度的人有什麼兩樣？不會還要我自己買五千本，拿下博客來的冠軍榜吧？倒不如叫我自己開間出版社算了。倚輝總編，雖說我是個素人，但自費出書這種事我可做不來，算了，當我們沒談過吧。」

　　倚輝怎麼可能讓眼前的肥羊溜走，即便不騙她出版費，只要和她談場戀愛，能從她身上拿到的錢一定比一兩百萬的出版費還可觀，更別說還有美人相隨這等福利。

　　倚輝瞬間改口：「王副總您誤會了，我剛剛說的是一般狀況，但我很看好您的內容和賣點，所以我來當這個投資角色，我代替您去和出版社談，這樣我版稅才能

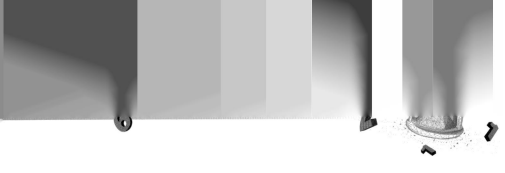

抽得高，您只要把著作給我，再等著抽版稅就行了。」

王芮：「在商場上那麼久，我很清楚沒有獲利的雙贏不能長久，只要這件事辦妥，版稅都歸總編您也沒關係，我甚至會送您一個大禮呢。」

倚輝：「王副總您別見外，我和您一見如故，以後叫我倚輝就好，憑我二十年的出版經驗，這投資我做定了，誰做賠錢的生意呢？我是真的看好您，一兩百萬的出版費而已，我有信心賺兩倍回來，這事包在我身上！」

倚輝展開了攻勢，常常一大早到銀行、郵局、醫院、餐廳等有號碼牌的地方抽1號，他把這些號碼牌貼在卡片上，連同花束一起送去王芮的辦公室，並傳簡訊告訴王芮，號碼牌已抽。王芮對倚輝則若即若離，時而親密挽手、時而已讀不回，在這種不完全反饋的狀態下，倚輝的心理會被制約，將不自覺的更加勇於挑戰、付出更多心力。

把稿件交給倚輝之前，王芮已先請專業人士排版，所以倚輝翻了兩頁就忍不住大讚賞，更暗喜自己挖到

寶，此時王芮詢問是否能在八月前出版書、九月底的生日前辦理系列講座，倚輝都馬上應允，並立刻送印稿件、開始規劃和宣傳。

為了感謝倚輝，王芮送了輛瑪莎拉蒂給他，還邀請他一起去杜拜旅遊，倚輝開心得不得了，整個人如同飛上了天，玩世不恭的他，其實已對王芮動了真情。旅遊期間，倚輝花了一大筆錢安排各種優質行程、住帆船飯店，但王芮卻始終沒有和他同房，她以觀念保守為由，暗示倚輝要先提親及求婚，倚輝便下定決心訂了一顆大鑽戒，預備向王芮求婚。

經過一個月的佈局，即將展開的，是一場華麗連環詐騙藝術。

· · · · · · · · · · · · · · · · · · · · · · · ·

看著鈴可總是吃了又吐，卻繼續死命硬吞食物的堅韌意志，莊穎甚是心疼，還好有濤爸為鈴可量身訂製三餐，不只富含營養，更是色香味俱全，連一般人會懼怕其油膩感的肥肉，濤爸都會先切成細致的小塊，再用蔬菜及特別的麵皮包裹著酥炸，口感及視覺全感受不到

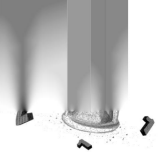

它，讓鈴可健康舒適的增重。

　　有濤爸千變萬化的美食以及大家的鼓勵，鈴可心情恢復的很快，王芮還帶著鈴可去健身房，讓她在體重上升的同時，體態仍舊結實好看。

　　終於，抽髓移植手術順利完成了，鈴可的外公雖仍舊心疼小公主為了他要承受變胖及醫療測試的痛苦，但至少不再繼續嚷著自己活夠了、想要一了百了。

　　鈴可拉著外公的手說：「外公，您為我付出一輩子，我只為您付出一下子，這是很幸福的，而且您看著，我一定會瘦回來。」

　　這幾天都是鈴可親自照顧外公，哪怕攙扶或揹著外公的每一步緩慢又艱辛，但每分每秒皆是屬於他們的幸福時光，在外公的慈愛與鈴可的孝心中，沒有苦，只有『您還在』、『有妳真好』的珍惜與感動。

　　樹屋靠著濤爸的廚藝和傑濤的網路故事，生意果然越來越好，知道莊穎和小書兩人有建立數學博物館的夢想，於是濤爸很貼心的做了加、減、乘、除、根號和無

限大符號的造型雞蛋糕，讓莊穎和小書眼睛為之一亮。

濤爸：「這是我找朋友開模的，等一下我會泡咖啡，拉花是圓周率符號喔！莊老闆的朋友很多都是數學人，下次用這個招待是不是很有感覺？」

莊穎：「濤爸您真用心，這個好酷，我最喜歡雞蛋糕了，這造型真的太有創意了！感覺吃了數學會變好欸，小書你說是不是？」

小書忍不住拿起雞蛋糕拍照打卡，還催濤爸快點去泡咖啡，逗得大家哈哈大笑，濤爸更是充滿了成就感，立刻回廚房準備咖啡和更多數學雞蛋糕，打算給孩子們當下午的點心。

莊穎邊把玩雞蛋糕邊問小書：「千數發動即將反轉，你有什麼想法？」

小書皺眉：「我在想，倚輝怎麼可能那麼容易上當？以他專精二十年的詐騙功力，難道不會懷疑姊姊是陷阱嗎？」

莊穎：「很多人會嘲笑被詐騙的人太笨或太貪心，

其實不是。人的大腦天性專注，無法一心多用，周伯通的左手畫方、右手畫圓是不可能的，更何況這次的佈局根本沒給倚輝思考的空間，以出版這件事來說，雖然編製及內容確實可以賺錢，但王芮比他有錢又送他名車，姿色也把他迷的神魂顛倒，加上這趟故意讓他失焦的旅行，出版早已不是主軸，只要他們一回國，倚輝就死定了。」

莊穎拿出一副撲克牌，在小書的眼前發了七張牌，並讓小書很快的隨意記住其中一張。

莊穎把牌放在桌上後問道：「我沒讓你碰到牌或是要你說出來，所以我根本不可能知道你記住的是哪一張，先問一下，最上面的黑桃K是你的牌嗎？」

小書：「不是。」

莊穎請小書把牌堆上的六張牌拿下來，小書納悶：「不是七張嗎？」

莊穎：「你心裡想的牌已經被我變不見了。」

小書緩慢的拿起牌堆發牌，果然，牌面朝上的牌只

剩下六張，而且消失的那張，真的是自己隨意記住的梅花Q。

小書驚呼：「怎麼可能！牌明明一直在我眼前，而且我也沒跟老師說是哪一張，怎麼會？」

莊穎：「這就是大腦的盲點，在你專注聽我講話的同時，其它的資訊都會弱化，其實只要你再次相同實驗一定能馬上識破，但你當局者迷，我可以輕易欺騙你的大腦。」

小書：「喔，我知道了！老師剛剛的節奏和用語是為了牽引我的專注力，而且7＋6＝13，這兩個數字的蒙蔽效果也很大，真的好厲害！看來只要等姊姊回來，我們就可以馬上收網捕捉大魚了。」

∙ ∙ ∙ ∙ ∙ ∙ ∙ ∙ ∙ ∙ ∙ ∙ ∙ ∙ ∙ ∙ ∙ ∙ ∙ ∙ ∙ ∙ ∙ ∙

最近濤爸天天為鈴可製作減肥餐，雖然料理看起來都是蔬菜水果，但其實生菜包著水煮魚或水煮肉做的佐料，嚼起來有豐富的肉味，熱量跟營養卻全在控制之中，鈴可很快便恢復成大家口中的女神老師。

傑濤將減肥餐放到網路上，立刻吸引了不少關注，小書也將鈴可的孝心故事規劃成網路故事專題，片中還有鈴可曾經教過的學生們對她的鼓勵與祝福，於是某大型知名出版社為鈴可出了一本名為『曾鈴可～真的你也可』的外語學習書，內容皆是她的動人故事，更在故事細節中融入了語文學習法寶，透過媒體報導後，這本書瞬間大賣，中學生幾乎人手一本。

動人故事與學習法寶之外，美女老師的胖瘦過程也受到眾多婆媽崇拜，出版社便打算再出下一本書，名為『真女神與食神的胖瘦日記』，而書的另外一位作者當然就是濤爸了，樹屋的大家庭都非常祝福與期待新作。

因為上班族OL特別喜歡濤爸的美味減重餐，所以樹屋開始提供網路訂餐服務，收入也越來越多，氛圍滿是幸福的滋味，然而愈是幸福的時刻，愈有暗潮隨伺。幾日前，有人發現市面上有一本書，內容和鈴可的一模一樣，還以抄襲的罪名攻擊鈴可，那本書就是『芮不可當』。

鈴可的出版社是國內出名的大出版社，他們立刻提

出法律訴訟，並召開記者會控告倚輝的出版社抄襲，畢竟經查證結果，鈴可的故事確實與她個人相符，誇張的是，倚輝的出版書籍甚至連排版方式都完全相同。

接下來，嗜血的媒體開始大肆報導倚輝出版詐騙的事蹟，其中的女性受害者更遭騙財騙色，王芮也立刻召開記者會指稱倚輝以投資出書為由殷勤追求她，卻私下盜版別人的著作又侵用她個人名義，她的公司將會對出版社提告求償。

經過這個事件，鈴可的書曝光度爆表，出版沒多久就已經五刷，再加上倚輝的賠償金，之前失去的全都討回來了。

事情還沒結束，魷魚哥（【逆轉騙數】中的角頭老大）失竊的瑪莎拉蒂在倚輝家中被找到，因此魷魚哥除了告倚輝偷竊外，更發下英雄帖，讓道上兄弟在監獄中好好照顧這個小白臉。

心術不正的倚輝，從一開始便不打算正式給王芮出版契約合同，收到禮物還見獵心喜，絲毫不對騙財騙色行為感到羞恥，這種作惡多端的傢伙被設計入套，連怨

天尤人的資格都沒有。

出版社、王芮的公司、鈴可、魷魚哥，這四方的求償已讓倚輝傾家蕩產，本以為監獄是最後的安穩，卻在獄中被折磨得不成人形，保外就醫時，為他手術的醫生恰好是一位曾遭他詐騙而輕生之少女的姊姊，同時也是王神底下的許願信箱之一，據說，倚輝的一隻眼睛和一顆腎臟都以合理的病因切除了，而且術後還被送到『惡魔大樓』進行生存遊戲。

• • • • • • • • • • • • • • • • • • • • • • • • •

美麗開朗的鈴可延續了外公兩年的健康生命，她不斷陪外公到處旅遊，外公若累了、倦了，嬌小的她就揹著外公繼續前進，臉龐雖汗如雨下，但兩人卻笑口常開。外公總替鈴可留著她愛吃的、愛喝的，每天與她分享自己和隔壁阿婆的趣事，那段日子是爺孫倆最甜蜜的時光，所有煩憂都破壞不了。

外公去世時，鈴可完全沒有哭，只是天天茶不思飯不想，小書便陪著她不吃不喝，沒有勸慰，只有默默在旁照顧與相伴。

近期，鈴可的事業和愛情兩相宜，木訥又聰明的小書為她忙著新書宣傳及粉絲團管理，幾乎成了鈴可的經紀人兼護花使者，兩人越走越近、越來越親密，俊男美女的組合總羨煞旁人，但小書擔心自己的身份會讓鈴可有安全上的疑慮，而且鈴可現在是當紅的女神老師，戀情對她來說沒有助益，因此小書遲遲沒有再進一步。

　　鈴可復學後，順利完成了博士學位，畢業典禮當天，小書動用企業關係以榮譽校友的名義坐在校長旁邊，並拿著鈴可外公的照片觀禮。

　　女神老師是致詞代表，感性的最後一分鐘，她拿起畢業證書潸然淚下：「外公，您走的時候我不敢哭，因為我怕您擔心、難過，現在我可以哭了嗎？因為我真的好想您…謝謝您用愛與付出讓我擁有美好的一生！我外公沒有高學歷，但是有高智慧，他曾告訴過我：『輸給環境是個人命運，輸給惰性是浪費生命』，我想將這句話分享給現場的各位。最後，外公，謝謝您陪我長大、教我強壯。」

　　現場響起了熱烈的掌聲，小書也開直播與粉絲分享這段致詞，讓網友一起為鈴可加油打氣，更在粉絲團發

布了許多張鈴可小時候與外公的合照，每張照片皆結合一段小故事，這一系列的回憶短片與短語，短時間內就有萬人點讚分享。

　　小書左手駕著車，右手將外公的照片交給鈴可：「外公今天一直都在喔，我相信他看到妳的畢業證書了。現在我要帶妳去一個地方，這是外公臨終前交代我的秘密任務。」

　　鈴可驚訝的問道：「是什麼？」

　　小書笑而不答，默默載著鈴可到一家麵包店，裡面工作的人全是祖孫，而且店名就叫『鈴可』，原來這是鈴可外公生前贊助的店。

　　只要想到還有很多像鈴可這樣的孩子，鈴可的外公就悲從中來，所以他將畢生積蓄以及鈴可給他的錢全拿來資助孤苦的老人與孩子，此外，還有一個更加感人的原因。

　　小書：「這裡，是外公為妳準備的娘家，裡面的每個人都很敬重外公，在妳的粉絲團也很活躍，所以每個孩子都是妳的兄弟姊妹，每個爺爺奶奶也都是你的家

人。外公說，如果妳不順心，請記得妳不是一個人，妳還有娘家。」

鈴可感動到蹲在地上抱頭痛哭，小書突然的抱起她，並拿出一枚戒指和外公的照片，大聲的說：「外公，您放心，未來我會常陪鈴可回娘家，絕對不會讓她不順心回來，因為我會代替您守護她！外公，快叫鈴可嫁給我啦！」

麵包店裡的人全都衝出來大聲歡呼和鼓吹，鈴可又驚又喜的躲進小書懷裡，唯一露出來的是，羞紅的耳朵與閃耀的感動淚光。

## 解密：年限 · 連線

樹屋小語

輸給環境是個人命運，輸給惰性是浪費生命。每個人都有年限，這是生命中必然的結果；而精彩在於連線，這是生命中美好的善果。

## 『數』屋魔術

以一副『有白邊』的撲克牌完成一個大腦專注實驗。

### 效果步驟

1、 魔數師請觀眾從等一下即將快速發到桌上的七張牌中任意記住一張。

2、 魔數師邊數1、2、3、4、5、6、7邊發七張牌到桌上，再從桌上一張張拿回牌堆，但保持正面朝上。

3、 魔數師詢問觀眾是否選到♠K，因觀眾通常不會選這張，待觀眾說不是後，告知觀眾已經把他選的牌變不見了。

4、 請觀眾將面朝上的牌一張張發到桌上，觀眾將發現果然少了一張，而且就是他心中所記住的牌。

**方法步驟**

1、先設定一副牌，將♠K、♥Q、♣K、♥J、♣Q、♣J、♦K 七張大牌與部
分亂序的牌設定於整副牌之前半部，剩下的牌反面設定於整副牌
之後半部，最後面再設定♠J、♦Q、♥K、♠Q、♦J 五張大牌。下圖
為牌序範例示意圖：

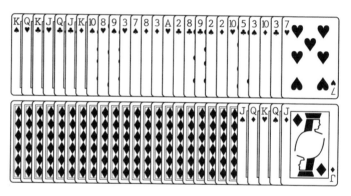

2、請觀眾從發到桌上的七張牌中任意記住一張後，從一數到七並快
速翻出七張牌到桌面。下圖為示意圖：

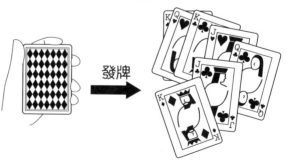

發牌

3、迅速發完後再迅速一張張收回，此時♠K會在第一張，讓♠K在頂牌的印象停久一點。下圖為示意圖：

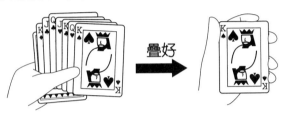

疊好

4、一邊詢問觀眾『剛剛有沒有從七張牌中記住一張牌放在心裡』一邊將牌堆放下，並偷偷的用單手將♠K翻到另一面，或把手放到背後，以揹手的姿勢把♠K轉移到另一面。下圖為單手翻牌示意圖：

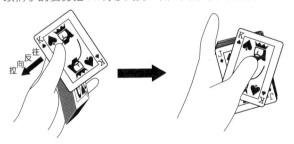

往反向拉

5、整副牌翻面後放到桌上，此時面朝上的牌已是♠K、◆J、♠Q、♥K、◆Q、♠J 這六張大牌，除了♠K外的五張牌都不是一開始觀眾看到的牌，觀眾便會覺得自己的牌消失了。

6、此魔術適合一對一表演，若對象太多人，恐因為記的牌不同而被拆穿。

## 數學原理

假如有一個10人小組,其中喜歡籃球的有6人、喜歡排球的有5人,且每人都有選擇,若利用文氏圖畫出交集狀態,即可發現有一個人兩種球類都喜歡。這個數學概念從國小到高中學程皆會用到,利用圖像理解非常具象且直觀,讀者可以自行舉例畫畫看。

撲克牌中,牌面較複雜的J、Q、K共有12張,可是7與6的和為13,這裡的不合理叫做交集,♠K就是交集。

在科學原理上,視覺是人類最直接的感官,因此視覺控制能讓人以為是自由選擇,魔術中的♠K即是這原理。

發牌時,如果刻意讓第一張♠K被覆蓋的面積最大、顯露的面積最小,除非觀眾很喜歡打牌且偏好這張牌,否則通常不會選♠K。這類型的心理暗示在大賣場的擺櫃很常見,賣場越期待熱銷的產品,主管通常會要求員工擺架在曝光度最高、最好拿取的地方。

那萬一觀眾記得的牌就是♠K怎麼辦?

詢問觀眾是否選到♠K時,可以說:「你選的牌是不是這張♠K?」如果觀眾說是,就可以驕傲回應:「你看,被我猜中心思了吧?這只有$\frac{1}{7}$的機率呢!」

這個魔術可說是一個挑戰人類大腦的遊戲,如果知道秘密,只會覺得它是一個戲法(Trick)而不是魔術(Magic),但許多人特別喜歡這類的大腦遊戲,因為大腦無法多工處理顯而易見的資訊,而透過這個簡易的魔術即可輕易的顯明『聚焦除雜訊』的重要性,無論是陪伴孩子

讀書或是在教學上，這皆是非常重要的觀念，讓學習者和教學者都更能意識到教與學的重點及技巧。

**小叮嚀**

專注與冷靜是應變的條件，抽走心中牌的撲克魔法，說明了大腦的感觀很容易受到欺瞞，時時虛心、時時謹慎是必須的。

反
轉
千
數

Part **5**

# 衷情

# 終情

連環姦殺命案是最近社會上最矚目的新聞，嫌疑犯名叫久澤，是個議員，因為他學歷高又長得帥，媒體對他的評價非常兩極，奇怪的是，王神卻下達密令，要求所有『許願信箱』都不能傷害久澤、不得接受任何對久澤提出的報復願望，並要用一切資源替他洗脫嫌疑。

莊穎對小書說：「之前你曾說過那傢伙一定是該死的兇手吧？雖然王神的命令我從不違背，但這件事我難以接受，我想發上呈特報。」

小書：「老師，我和您想法一樣，老實說，爸媽也有猜到您一定會發緊急特報、開召集會議，所以他們去極光之旅前，仙姿媽有特別交待我給您傳口信，請您在開會前務必先用最高權限開啟公司的密室，裡面有細節。」

莊穎聽完，立刻帶著小書前往總公司，前腳才剛踏進大門，門邊立刻響起宏傑（【魔數術學】中的學生）熱情的招呼聲：「老師好！」

宏傑現在已經是一名專業又優秀的電腦工程師，王

神地下暗網的設計與組織化，全是由他主導。過去莊穎曾藉著八卦測字給予宏傑強大的心靈力量，又帶給他二進位編碼的啟發，所以宏傑特別感謝莊穎無微不至的資源與照顧，讓他得以有今天的成就，每次只要莊穎回到總公司，宏傑都會盛情招待、全程作陪，並帶莊穎去吃大餐。

莊穎跟宏傑打過招呼後，他以最高權限去到密室，並瞬間解碼王神的訊息，獨自進去密室內。

幾分鐘後，莊穎從密室出來，小書好奇的想知道細節，但莊穎只淡淡的說：「全力救人，幫久澤找到不在場證明，他家中的不利證據全部銷毀，用網路攻勢逆轉輿論，派最強的律師團隊救他出來。另外，我要開啟最高權限召開許願信箱大會，由我擔任總召。」

剛剛才說久澤該下地獄，現在卻變成傾力幫助，而且還要召集最強的律師團準備營救，小書從來沒有看過莊穎翻臉比翻書快，頓時心裡很不是滋味，無奈這是王神和莊穎共同的命令，小書仍默默的遵旨。

許願信箱的會議中，全數的信箱主其實都很想對久

澤痛下殺手，但面對莊穎的最高權限，所有人只能聽命辦理。

這樣的大型會議一級主管全都要出席，莊穎自然與王芮照面了，討論完久澤的事後，王芮保持著微笑與溫暖的眼神，為莊穎遞上一瓶柳橙汁。

莊穎笑著說：「妳根本不需要任何練習或是技術，什麼都不做就迷死人了，倚輝會栽在妳手上，完全沒有懸念。」

王芮：「哈哈，你在撩妹嗎？這樣可不行喔！」

莊穎苦笑著：「我只是說實話，都幾歲了，早撩不動啦！我可不想回答那種重來一次會怎麼選擇的問題，時間軸這麼走著，人生不是走過就是錯過，能有一位知己朋友，挺好，談情說愛的年少風花，已不在我的人生軸上了…妳呢？有好對象吧？」

王芮：「嘿，一見面就這麼八卦好嗎？其實我有件事想鄭重向你道歉，我欺騙你，是因為不想讓你捲入這複雜的環境，我希望你平平凡凡的平平安安，沒想到你竟然猜到我活著，為了找到我存在的證據，硬要我爸收

你為徒。」

王芮一臉無奈，卻充滿感動：「我和你一樣深感榮幸，能有這樣一位知己朋友，此生無憾。」

他們兩人言語間輕鬆淡然，卻也讓彼此都知道，當時的吻是真實的，當時的愛更是銘心，兩人全心為著對方著想，沒有走在一起，只是一念…此情的長遠雖不是愛情的延續，卻是真情的永存。

莊穎嚴肅的對王芮說：「最近妳必須和信箱主一樣都低調點，我們最忌憚的『鑫信箱』已經展開很多行動，快進入正面交鋒了，更重要的是，我們內部有間諜，我甚是擔心所有一級主管的人身安全。」

鑫信箱，是地下暗黑組織的許願單位，和王神許願信箱不同的是，鑫信箱是專門為犯罪者許願而創造的，它的『鑫』字道盡一切，只要有錢，什麼事皆做的出來，舉凡任何不法勾當，即便是擄人、販毒、毀屍滅跡，付的起價就能實現任何犯罪夢想，且商、法、政、警、黑道，全都有他們強大的組織人脈。另外，鑫信箱屬中央集權，沒將權力釋放給各部，皆以總公司名義進

行接單及任務分派，換言之，許願之盈利是先歸公司所有再進行分配。

這次王神要大家別傷害久澤的其中一個目的是要向鑫信箱示弱，在內鬼尚未逮到之前，敵暗我明尤為不利，雖然大家恨的牙癢癢，也知道久澤這個變態殺人魔必定會被鑫信箱給解救，逃過牢獄災和法律制裁，但目前的局勢卻又容不得一絲不慎。

王芮哼了聲：「低調不是我的風格，我怎麼可能置身事外！」

莊穎笑了笑：「妳誤會了，我有非常重要的密務要妳執行，戰爭已經開始，這個局沒有妳加入，怎麼可能玩得精采？」

王芮投以曖昧的眼神：「不愧是老朋友，很懂我！」

＊＊＊＊＊＊＊＊＊＊＊＊＊＊＊＊＊＊＊

久澤果然沒多久就出獄了，最誇張的是，這個變態竟然在臉書大言不慚的宣傳以後要出書分享心路歷程，

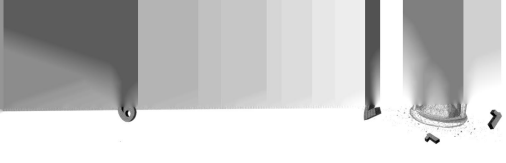

並嘲笑被害人都是母狗，誇張的行徑顯明了他完全是個用人渣也不足以形容的畜牲。

日本類似的案件有日本人魔佐川、酒鬼薔薇聖斗、北村孝紘等，那些未被判死刑的殺人犯在出獄後出書，無疑是再次讓被害者家人受到重大傷害，連日本知名推理作家東野圭吾也曾公開反對這種書籍出版。

久澤的行為當然也引起公憤，所有被害者的親朋好友無不想對他復仇，各地許願信箱都收到請願，使得信箱主更加氣憤，在一場會議中，甚至有一位信箱主與莊穎大打出手。

莊穎沒多做解釋，即使滿臉傷、嘴角滴血，他仍親切的講完話，和緩的安撫眾人，鄭重提醒大家不要被激怒，並說明之後會給出完美交代，如果現在有人違背命令，擅自對久澤出手，將依王神規章處置，決不寬貸，同時莊穎也向大家保證，鑫信箱終有一天會吸乾久澤的錢，他必會有報應，大家只需靜心等待出手的時間點。

和莊穎起衝突的信箱主叫做克寒，他一直都仰慕莊穎的人格特質與實力，當他看到莊穎堅定的眼神，衝動

的憤怒瞬間冷靜，他趕緊向莊穎道歉，也承諾將認真執行莊穎總召的交辦。

出會議室後，小書問道：「老師，那個新任信箱主克寒是個健身教練，脾氣有點暴躁，您…會報復他嗎？」

莊穎：「會，因為我要有基本領導威信，我是總召，在團隊中以下犯上是大忌，必須讓他付出代價。說真的，我跟大家一樣，恨不得殺了久澤，所以之前我對王神也有這種情緒，但我不會當眾影響王神的領導威信。克寒其實很優秀，他的真性情既溫暖又熱血，只是年輕氣盛了點，你就很聰明，可能是基因好吧？哈哈。」

話剛說完，莊穎立刻發佈了將克寒降級為儲備幹部的人事命令，罪名是以下犯上。這個處分很嚴重，先不論薪水的差距，光是相關資源的調動權就是天壤之別，而且信箱主空缺一旦遞補，有可能一輩子再也當不了，降級後更不在王神一級主管的保護傘之下，萬一遭仇家尋仇，搞不好有生命危險。

小書有點恐懼的說：「老師，您剛剛那溫柔客氣的樣子跟您真正的內心，差別有一點…」

莊穎：「話說清楚喔，我的愛徒。」

小書趕緊立正站好：「老師賞罰分明、溫文儒雅、玉樹臨風、仙風道骨…」

咻咻咻！

莊穎突然射出一張牌，它精準的從小書臉旁飛過，雖未傷及皮膚僅削到了頭髮，但小書立刻知道自己該閉嘴了。跟在莊穎身邊，小書很清楚『照做』這兩字的重要性，可以問疑、不可疑問，當莊穎惜字如金時，安靜照做就是最高指導原則。

其實這一點也是王神教導莊穎的，以前的莊穎是個急性子，但王神總因為莊穎善良而不忍心責難他，即便莊穎曾拿著槍向王神逼問王芮的下落，王神依然只安撫莊穎，沒有任何懲罰。

莊穎嚴肅的說：「小書，現在我限制大家不能動久澤，你要做的事情自己拿捏好分寸，以免觸犯戒條，王

子可是與庶民同罪，甚至會罪加一等喔？」

　　小書：「我知道，我會斷久澤的銀根、拔除左右手，完全不會違背老師的指令。」

　　莊穎：「聰明，不愧是愛徒，比起那些衝動的信箱主好多了。久澤的左右手是誰你知道嗎？」

　　小書：「是，我之前查過了，那個叫關娟的乾姊姊就是久澤的最大財源。其實關娟的年紀都可以當久澤的媽了，她分明是在包養小白臉，所以久澤才那麼變態，總是虐待年輕女性，甚至還有未成年少女受害。久澤的政治路都是關娟用錢打造的，現在久澤已有一席之地，關娟的利用價值逐漸降低，所以即使關娟知道久澤壞事幹盡，仍睜一隻眼閉一隻眼的寵愛他。」

　　莊穎：「嗯，關娟是從事高檔私人化妝品及到府美容系列的工作，她排除異己的手段相當殘暴。樹屋信箱啟動新任務，編號0900771，我猜測其他信箱主可能也會有興趣，你可以聯合他們先出出怨氣，讓久澤眾叛親離，但不要大張旗鼓提出，針對需求合作即可，一方面資源整合，一方面安撫信箱主。」

現年五十一歲的關娟，因保養得當，看起來不到三十五歲，做事幹練，卻有一副天使臉孔、魔鬼身材和娃娃音，在交際手腕上很有她的一套，算是久澤的超級貴人。關娟從事美容業，並在化妝品界小有名氣、在貴婦界有崇高地位，因為她的商品成分與國際知名化妝品成分一樣，價格卻只有一半，當然，取得配方的手段也不是什麼乾淨事。

關娟是個蛇蠍美人，一旦有對手出現，她會以低價大量買入對手的課程和商品，接著在網路上讓網軍用一半的價格出售，甚至免費贈送，再叫大量網紅批評對手的產品，並製造輿論號召網友大量退訂，導致新的年輕創業者或中小型規模公司倒閉，最後逼迫對手加盟自己的『美霸』體系，若有不從的實體店面，關娟會利用黑道或是政治關係，害對方生意做不下去，這些在業界都不是新聞，可是大家敢怒不敢言。

一般大眾看到的關娟是完美公益人形象，身為董娘女強人，她深得職業婦女的心，加上人長得漂亮、乾弟

弟是政治人物，所以她的名氣和美霸企業的實體店面已是業界獨大，特別是美容師和機器設備都可以預約和外送，這樣的創意營業方式更促使美霸企業富甲一方。

最近，幾個年輕人組了一家名為『美爸』的美容企業，網路上好多人都大推美爸的產品，因為它的價格及化妝品成分皆和美霸一模一樣，唯一不同的是，美霸的產品有個怪味道，許多年輕女孩都忍受不了，但是美爸的產品加入了天然香料，雖然保存期限不長，味道卻比美霸好聞多了，媒體的報導皆是正面肯定，不到一個月，就有許多實體店進貨。

美霸的負責人關娟自然提出抗議了，指稱美爸在化妝品名上侵權，但美爸的負責人阿減（【魔數術學】中的化學專家）出面解釋，因自己的父親是美國人，而西方的觀念是男女平等，他認為男生一樣可以保養、一樣會嚮往年輕容貌，才以美爸命名。

關娟的提告已進入司法程序，理應交給法律定奪即可，但她覺得透過法律太慢了，便故技重施，找了許多人大量購買美爸的產品，不過美爸賣得太好，要大量進貨必須等到下個月，關娟只能猛下訂單，並在美爸的實

體店面開始鬧事。

　　這一天，美爸中區的店面又遭到多名黑衣人砸爛物品，把整間店弄得面目全非，網路上都在瘋傳，關娟也利用輿論抹黑美爸負責人是欠債才遭到攻擊，於是阿減到小加的談話性節目上向大家證明財務完全沒有問題，更公開許多砸店惡徒的照片和影片，而所有證據全都指向教唆人就是關娟。

　　談話性節目一播放，底下的留言立刻滿天飛，曾被關娟以此形式惡搞的店家全跳出來述說委屈，當初他們的店，每天都有黑衣人在店門口喝酒鬧事，找警察也沒用，根本沒人敢上門，直到購買美霸的產品才像交了保護費般平安無事，但生意早已受影響，完全做不下去，非得加盟美霸的美容體系才得以繼續經營。

　　不久後，網路開始傳出美霸是黑心產品的謠言，直指美霸添加了不該添加的物質，會造成過敏及傷害健康，因此，當美霸準備動用網紅批評美爸並大量退貨時，稽查單位突然抽查了美霸的產品，結果真的是不合格，導致加盟店紛紛向美霸退貨並要求補償，直營店的生意也一落千丈，讓關娟疲於奔命，最慘的是，關娟的

公司帳戶曾轉帳大量的錢到某詐騙集團的戶頭，因此被懷疑是共犯，所有財產皆遭凍結，美霸從此成為美容界的歷史惡名，終將消失於市場。

・・・・・・・・・・・・・・・・・・・・・・・・

樹屋內精油燈閃閃，令人舒心的香氣四溢，美爸的負責人阿減和莊穎對敲紅酒杯，慶祝本局的大勝。

莊穎：「辛苦了，雖然整個佈局所花費的金額不少，但阿減的提告可以從關娟那得到一筆錢，我們的王牌律師也會再大敲一筆，加上所有美霸的加盟店全轉來加盟美爸集團，所以我們都從關娟那賺回來了。」

雪倫：「阿減真的太厲害了，那種東西果然只有你做的出來。」

阿減：「沒有啦，技術早就有了，像是擦擦筆、馬克杯熱感應變圖等等，它不是什麼新鮮物，我只是把材質優化，讓顯象可以更加明顯，若不是關娟花全部的心思在害人，怎麼會沒發現紙箱和產品包裝有問題呢？」

小加眨著可愛的大眼問：「這次到底是怎麼辦到

的，我還是一頭霧水欸？」

莊穎：「故意把美爸的商標和名稱設定成與美霸相似有三個目的，第一個目的是吸引關娟注意，第二個目的是讓改加盟的下游不需更動太多東西就能換成美爸體系，最重要的一個目的就是這一局的魔術。」

莊穎看向阿減，阿減驕傲的將紙箱及一罐美爸產品遞給小加，小加看了看問道：「有什麼問題嗎？」

還沒有人回答，小加突然又哇的大叫了一聲：「這是變魔術吧！你什麼時候和歐巴學的？」對阿減抗議完，小加轉向莊穎撒嬌：「歐巴，你不可以這樣啦，你都只教他！」

莊穎微笑說：「好好好，等一下教妳一個，先讓阿減說完。」

阿減幽默回應：「不不不，到這裡應該先看魔術，看完魔術才能更理解這個局是怎麼佈置的，有請莊大師？」

莊穎笑了笑，他將一張名片紙蓋在桌上問道：「撲

克牌花色偏大的是黑桃和紅心、偏小的是方塊和梅花，小加，妳喜歡大的還是小的？」

小加：「大的！欸欸欸，我在【魔數術學】那本書學過怎麼強迫選擇，你別唬我喔！」

莊穎：「放心，看妳黑桃和紅心喜歡哪一個，妳喜歡的就是我的預言，這樣可以了吧？」

小加：「一般人好像都會選紅心，所以我想選黑桃，可是，我又想要紅心，吼，好障礙喔。」

莊穎：「那妳先放在心裡不要說吧。接下來，請妳想一個幸運數字，然後乘以2，再加3，再乘以5，如果妳覺得最近很幸運，就再加3，如果覺得還好，便不用更動，最後記住數字的個位數，好了嗎？」

小加：「好了！」

莊穎：「妳可以大聲說出妳心中的花色和點數了。」

小加：「紅心5！」

莊穎翻開桌上的名片，上面是『黑桃8』。

小加滿臉得意：「歐巴，你失敗了欸！」

莊穎將名片拿到精油燈上方，神奇的事情發生了，原本寫著『黑桃8』的字竟然變成了『紅心5』。

眾人掌聲，這逆轉結局真是太精彩了。

阿減把剛剛的紙箱和產品拿回手中，而原本美爸的商標和名稱全部變成了美霸的。

阿減解釋：「美爸的瓶子大小和外型跟美霸完全一樣，商標及包裝也跟美霸相似，當關娟大量購買美爸的產品時，我們便利用了這點，先在美爸的產品外塗上了一層顏料，再將有問題的產品賣給她，這顏料只要在室溫靜置兩天就會全部褪色，因此第二層的商標會浮現，讓那些產品看起來和美霸一模一樣，所以稽查單位稽查時，關娟根本百口莫辯。

如果關娟說她大量購買了美爸的產品，大家會覺得不合理，或認為她腦袋有問題，當然，她也可以承認購買是為了陷害我們，但這樣輿論必定會對她更加不利，

而且詐騙集團帳戶事件已讓她的可信度降低，加上我使用的顏料又不可逆，它揮發於空氣中，消失的無蹤無影，所以關娟完全無憑無據。

　　本來我今年要發表論文及量產顏料的，但莊穎老師擔憂顏料恐被不法之徒使用到壞勾當上，就要我先別發表，還說他會送我一個商業模組大公司，於是我現在是個身價上億的老闆啦！真是感恩師父、讚嘆師父！」

　　小加聽完後，對自己老公阿減更加崇拜了！

　　即使化學的學術研究卓越，但若有可能危害社會，馬上停止發表而做更有貢獻的事才是正確的選擇，諾貝爾當時懊悔不已自己的發明才設立諾貝爾獎項，阿減能先忍著學術上的名利晉升，實在難能可貴。

　　阿減謙虛的說：「這都是莊穎老師教得好，更何況現在這樣的貢獻和發展，早已超越學術上的發表，口袋更是賺飽飽。」

　　小加仍對剛剛的魔術感到疑惑，雪倫便帶小加到一旁去，耐心的對她解釋。

莊穎舉杯敬阿減說：「兄弟，謝謝你信任我、挺我。」

阿減：「哥，別這麼說，你總是對的，而且我賺了一間公司，該是我謝謝哥才對。」

· · · · · · · · · · · · · · · · · · · · · · · · · ·

王神底下的律師團隊中，年僅三十七歲的勤詮能力最佳，是個名副其實的王牌律師和黃金單身漢，這次關娟的事件便是由他負責的。

勤詮：「關小姐，我有查到您的一個秘密帳戶，本來計畫幫您轉交給久澤議員，讓您留點錢東山再起，可是昨天想請他動用鑫信箱的勢力時，他…」

關娟平靜的說：「我都這把年紀了，還會不懂嗎？我一直都知道他的交往複雜，吸了毒更會做出畜生般的行為，他第一次出事時，我為他收拾善後，並替他找到鑫信箱，他就開始變本加厲了，現在他翅膀長硬，不需要我這個老女人，我等同於養了隻怪物，哪能指望他給我什麼回報？我很清楚，什麼餌會吸引到什麼人，以仁

吸引是仁人、以財吸引是貪人、以色吸引就是會因美色而換掉你的人，這世界不就是這樣嗎？反正我有認真拼搏一回，也玩夠了。

其實那個秘密帳戶，我原本是要留給久澤當救命錢，但看來，我對他的衷情已到了終情的時候，現在我身邊的人都在與我切割或試圖奪錢，我什麼都沒有留住，所以…帳戶裡的錢麻煩幫我捐給『婦女救援基金會』，幫助那些無力反擊的弱勢女性吧。

律師先生，這場官司的費用也請您放心，我的不動產絕對夠聘請您這位王牌大律師，如果可以出獄，我僅剩的也足以隱居生活了，因此後續再麻煩您，詐騙和做假化妝品那些事，我真的是被冤枉的，拜託您幫幫忙。」

勤詮：「您知道我的名字嗎？我就是擒權，擒拿的擒、奪權的權，冤枉的事要判生判死，全在我手上，我只能說，恭喜您，我一定會救您出來，但您自己幹過太多壞事，司法不可能即時還您清白，甚至一輩子都不會，您真正九死一生的轉機是因為剛剛您說要把錢捐出

去，所以後面的事都交給我吧，我會幫您重見天日，只是不可能再享受奢華生活了，請保重。」

　　勤詮整理完手邊的資料準備離去時，他再次轉頭問道：「關小姐，我調查過您的過去，發現您曾在十四歲那年未婚生子，您卻將孩子連同一萬元現金放在別人家門口，不知您有沒有什麼遺憾？」

　　關娟露出了一抹溫柔的笑容，深深看著勤詮：「那個孩子天生患有心臟病，我用一顆腎換了他一顆健康的心，雖然我願意傾盡生命愛他，但現實是，就算當時我再賣掉一顆腎，把命給賣了，恐怕也養不了那孩子兩年，所以才把孩子留在一對不能生孕的法官夫婦家門口，因為我知道，他們絕對有能力收養，更會給孩子最好的一切。這個選擇是不得已的…不過我沒有遺憾，孩子成材、幸福，我倍感欣慰。」

　　勤詮陷入了沈默，手機卻很巧的在這一刻響起，勤詮便以接聽電話為由，輕輕的關上門離開。

　　莊穎：「王牌律師，事情處理的還順利嗎？」

勤詮：「很順利，謝謝總召關心，請問您還有事要交代嗎？」

莊穎：「是有一事，我需要你轉告久澤，已經有被害家屬在暗網買兇殺他，一旦鑫信箱把他壓榨完，必會接下殺他的任務，你告訴他，關娟委託你去救他，叫他簡裝整理跟你走，反正他的錢幾乎都被鑫信箱吸光了，以目前的聲望也不可能再當選議員，就帶他到『熊膽室』避難吧。」

勤詮：「是，我知道了。」

回應完莊穎後，勤詮顯得有些欲言又止，莊穎便好奇的問道：「勤詮，你有事找我？」

勤詮：「總召，我想請問…您怎麼知道那些事的？」

莊穎笑了笑：「你很特別，明明留在英國發展比較好，卻選擇回來台灣，在讀法律系時又輔修數學，辦理任何案件前還會進行優化分析，連價錢收費都針對個案的背景量化標準，因此我對你的特質很感興趣，再加上

你接觸過鑫信箱，我自然會更注意你，當我透過調查得知你是兩位法官的養子，我就猜出，你之所以在王神集團裡服務，是為了要找尋留下一萬塊後離開的母親。關娟是因著環境才造成心理扭曲，相信由你救贖應是最好的安排，她的資料與相關報復計畫我已為你清空，祝你們母子順心如意。」

勤詮哽咽的表達謝意後，他以微微顫抖的手掛掉電話，再壓著刺痛的心臟，靜靜流淚。

## 解密：衷情·終情

樹屋小語

什麼餌吸引到什麼人，讓自己的吸引力在義不在利。

### 『數』屋魔術

用原子筆、名片紙、同色的擦擦筆與熱源做一個神奇的預言魔術。

### 效果步驟

1、魔數師將一張名片紙預言蓋在桌上。

2、請觀眾挑選一種花色放在心中。

3、讓觀眾想一個幸運數字，然後乘以2，再加3，再乘以5，若觀眾覺得自己最近很幸運，就再加3，如果覺得還好，便不用更動，最後記住數字的個位數。

4、魔數師打開預言，無論觀眾最終的花色和數字為何，必定可以命中觀眾所選的牌。

### 方法步驟

1、先設定預言，用原子筆在名片紙上畫出 ♥5，再用同色的擦擦筆補成 ♠8。下圖為示意圖，其中有黑框的區域表示以原子筆塗寫，無黑框的區域表示以擦擦筆塗寫：

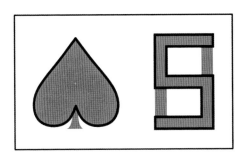

2、告知觀眾，撲克牌花色偏大的是黑桃和紅心、偏小的是方塊和梅花，詢問觀眾喜歡偏大或偏小的花色，並利用強迫選擇讓觀眾選到黑桃和紅心那組：

　(1) 如果觀眾選擇偏大的花色，可以說：「好，你選的是黑桃和紅心這組。」

　(2) 如果觀眾選擇偏小的花色，可以說：「好，你挑走了偏小的花色，所以剩下黑桃和紅心。」

3、請觀眾將某幸運數字乘以2，此時數字必為偶數，再加3後數字必為奇數，再乘以5後個位數必為5，由於讓觀眾自由選擇是否再加3，因此花色和數字的結合只可能是♠5、♠8、♥5、♥8這四種。

4、預言中，擦擦筆寫的部分遇熱就會消失，只要利用打火機等熱源讓不需要的部分不見，把預言改變成觀眾所說的牌，即可完成華麗的變牌預言。

(1) 若觀眾選擇♠8：直接出示預言。

(2) 若觀眾選擇♠5：以熱源加熱預言中數字的那半部。

(3) 若觀眾選擇♥8：以熱源加熱預言中花色那半部，並旋轉
180°。

(4) 若觀眾選擇♥5：以熱源加熱整張預言，並旋轉180°。

有一個知名童書繪畫遊戲叫做『Hidden Picture』，是把許多圖案隱藏於原來不相關的圖案中，若結合這樣的創意，並利用擦擦筆繪製意想不到的圖形，將達到更神奇的魔術效果。

## 數學原理

一個數字乘以5，個位數不是0就是5，這是小學時就已經知道的，然若問起為什麼，許多人恐怕會說不知道。

其實從現象去討論數學，結合生活素養的概念，學習會比較有趣，也容易被大腦記起來，當只是強記憶一件事，數學的內涵消失了，自然就不討喜，因此藉由這個魔術可以讓概念更澄清一點。

首先，把所有的正整數分為$2n-1$（奇數）和$2n$（偶數），其中$n$是任意正整數。

再來，我們觀察一下乘以5後的變化：

奇數：$(2n - 1) \times 5 = 10n - 5 = 10(n - 1) + 10 - 5 = 10(n - 1) + 5$

偶數：$2n \times 5 = 10n = 10n + 0$

10的倍數之個位數必為0，則5的倍數之個位數必為0或5，且偶數乘以5之個位數必為0、奇數乘以5之個位數必為5，因此，只要控制觀眾以奇數乘以5，便已控制觀眾最後的個位數是5。

之所以要將數字控制成5，為增加隨機性，又給觀眾自由加3的選擇權，讓數字可能變成8，是因為5和8皆是點對稱數字，無論預言卡是正向或需要旋轉180°，5和8都不會改變。

**小叮嚀**

擦擦筆的魔術須利用高溫變化，成人要對孩子進行此魔術的表演或教學時，建議對象至少要高年級以上，如果是中年級以下，應改用橡皮擦作為工具，雖然效果沒那麼好，但是安全性為首要考量之問題。

另外，使用明火仍有其危險性，也可以用透明玻璃杯裝熱水，將卡片放入熱水時可以看到預言瞬間變化的樣子，效果同樣非常精彩。

# Part 6

# 善財
# 瞻財

十五名信箱主當中，僅二十五歲的百欣最年輕，她以前是知名詐騙女團十二金釵之首，在王神的調教之下，現在已成為非常出色的信箱主，因為顏值高、身材好，加上目前專攻心理諮商，所以業績頗高，幾乎所有公司的聯盟都認識她，交情也很不錯，但王芮卻不怎麼願意接近她，只維持表面的和平相處。

小書曾問過王芮：「姊姊為什麼不喜歡百欣？難道是嫉妒她嗎？」

王芮淡淡的看向小書：「我有這麼無聊？」

小書一臉無辜：「就是知道您沒有那麼無聊，我才納悶嘛！百欣雖然算有能耐，可是王神集團裡多數人都比她厲害，更何況是跟姊姊相比？不過她也不會扯後腿，所以我一直不明白您究竟為什麼總遠離她。」

王芮：「沒為什麼，我也曾經疼愛過她，但我們的雷達並不對頻。」

這一天，百欣突然召開了臨時動議，請所有信箱主聚集，並於會議中詢問莊穎：「總召大人，原本我們

十六名信箱主各有其司，現在少一個，某類特殊業務會綁手綁腳，目前情勢特殊，王神又不在，是不是可以先讓克寒恢復職位，以行政減薪或其它權力限制等方式懲罰他？」

莊穎不答反問：「十六名信箱主確實各有其司，空缺太久也不好，請問各位信箱主有沒有什麼意見？大家討論看看。」

信箱主中，有一半的人認為克寒初心善良，符合信箱主的本質，且當初每位信箱主最後都是由王神欽點，把克寒凍結職位而非罷除職位是較好的選擇，應讓克寒回歸。但另一半的人卻表示克寒太過衝動，擔憂他這個特質會拉低信箱主的品質，畢竟身為信箱主若頭腦不夠冷靜很容易壞事，因此寧可遞補其他人，也不願讓克寒復職。

莊穎：「大家的意見都很寶貴，我會再思考斟酌，一週內必解決此問題。」

結束會議後，擔任紀錄的小書問莊穎：「老師，您是不是有什麼盤算？」

莊穎：「事緩則圓，我當下如果表態，就是得罪一半的人。解決空缺的方法有很多種，可以直接找一個人遞補，也可以把義務分出去再加權、加薪水。不論打算怎麼做，都要先緩衝情緒再處理，顯示決行是經過深思熟慮的。但其實，結果一點都不重要。」

小書驚訝的問：「啊？那是什麼意思？」

莊穎微笑而不答。

幾天後，百欣突然去樹屋拜訪莊穎，還帶了很多禮物要給孩子們。每次百欣出現在樹屋，以散心為理由是真，和大家公認的王神接班人莊穎不斷保持交流更是真，這一切莊穎都只看破不說破。

其實小書才是太子、真正的接班人，莊穎不過是陪太子讀書的書僮罷了，但在沒有人知道真相的狀態下，莊穎便默默協助王神訓練小書，同時小心測試著每位信箱主的忠誠態度。

百欣對待小書的模式，很明顯是表面功夫，除非小書在莊穎身旁，否則百欣基本上不大理會小書，與小書說話時，眼神總是不專注、皮笑肉不笑，完全把小書當

作莊穎的跟班，不給予一絲重視，甚至有鄙視意味，而這也是王芮看不慣百欣的原因之一。

莊穎微笑的對百欣說：「謝謝妳這麼照顧這些孩子，今天能遇到妳真是太巧了，我剛好有件事要麻煩妳。」

百欣對莊穎露出甜美的笑容：「總召吩咐，百欣使命必達。」

莊穎：「謝謝妳，事情是這樣的，樹屋的孩子都會去附近服務獨居老人，其中有一位是靠著賣菜包維生的菜包婆婆，她的店門口最近被一個豬肉攤販強佔，每次豬肉攤生意做完後，都會亂丟肉和煙蒂在地板，害得菜包婆婆深受蒼蠅及惡臭困擾。

有人說，那個豬肉攤是某個建商派來的，因為菜包婆婆不願賣掉房子。婆婆家充滿了她和老公的甜蜜回憶，她心底總是捨不得、過不去，所以即便我替婆婆安排了舒適又便利的新家，我仍沒有辦法成功說服她。

孩子們曾替婆婆報警舉報豬肉攤的不良行為，可是警察只能開單，不僅趕不走他，他還變本加厲的恐嚇婆

婆、對婆婆潑灑穢物，若不是孩子們輪流去保護婆婆跟幫忙清理，真不知道婆婆會怎麼樣。

百欣，對付建商、報復豬肉攤及擔當婆婆的心理諮商，這三件事情就麻煩妳了，我沒有要下達任何命令，不過我希望豬肉攤可以受到嚴懲。」

百欣：「好的，我明白了。總召，其實我也有一事想拜託您，您覺得宏傑怎麼樣？」

莊穎：「哈哈！那孩子可是我看著長大的，不自肥說他超級優秀都過意不去呢！你們該不會…」

百欣害羞的說：「哎唷，內舉不避親，我想以累計的積分提出論功申請，希望宏傑可以接任信箱主。」

莊穎：「這…宏傑在暗網的功力大家有目共睹，程序上是沒有問題，但你們是情侶，如果未來成為夫妻，對於公司的管制制度或他人觀感上可能都不是那麼好，妳說是不是？」

百欣點頭：「我知道，所以如果我們結婚，我會離開信箱主的位置，改當宏傑的助理，目前我也不會公開

交往的事。」

　　莊穎：「嗯，但是宏傑的騙術能力不足，也沒當過助理，直接當信箱主恐怕不妥。」

　　百欣：「如果先讓克寒擔任宏傑的助理呢？一方面給克寒懲罰，一方面也讓宏傑歷練，萬一宏傑真的無法勝任，還可以再讓克寒回歸，一切全依兩人的表現安排。」

　　莊穎：「這建議很不錯，我明天會發布人事命令，妳的心諮信箱啟動企劃也要在下午之前給我，我一併審批決行。」

　　為男友爭取到機會的百欣，搖晃著裙襬，開心的離開樹屋。百欣相當的愛漂亮，一年四季都穿短裙，怪的是，上半身總搭著長袖。

　　小書：「老師，這樣安排真的好嗎？」

　　莊穎：「百欣已有的天生優勢加上善於察言觀色，讓她在很多方面是渾然天成的高手，當初真不愧是十二金釵之首。

小書你看，她送禮總是送到心坎裡，你覺得她沒有送我禮物，是因為我家財萬貫、衣食無缺嗎？不，是因為她知道送給對方重視的人才是高招，很多下屬送禮，並不是直接送給上司，而是送很貴的化妝品或高級食材給上司的太太，這種技巧更容易攻心。

再來，她推薦我的學生，同時打壓我想懲罰的人，都相當有技巧的表明她站在我這邊，不得不說，難怪王神會說這方面她是得意門生之一，看來二十五歲就有四年信箱主的資歷，果然不容小覷。只可惜…」

小書：「可惜什麼？」

可惜百欣雖然懂得要藉著對孩子們好來拉攏莊穎、懂得力推莊穎的學生，卻沒有用心去瞭解莊穎真正重視的人事物，才不懂得要重視看似低調的小書，如果她忽視的是普通人也罷，偏偏小書就是太子，實在是太不周全了。

然而莊穎並沒有回答小書，有些事情，小書還需要慢慢磨練，學會看人也是其中之一。

百欣將自己扮演成志工，果然立刻吸引了豬肉攤老闆的注意，瞧見老闆一副色瞇瞇的樣子，百欣很清楚要對付他不會太困難。

百欣先去關心並照顧好婆婆，還仿造婆婆的住處，以完整複製的方式，在生活機能高且環境舒適的地方建設了一間一模一樣的平房。接著，百欣藉由婆婆的故事，用心的在新居營造出婆婆每一個甜蜜回憶，更以離靈骨塔更近、交通更方便等實際因素，終於說服了婆婆搬家。

安置好婆婆後，百欣才讓無良的建商花大錢買下婆婆原本的房子跟土地，沒想到建商施工時，豬肉攤老闆竟在工地中自殺，之後工地又接二連三傳出各種自殺事件，導致一堆媒體報導及網路謠言都說那塊地鬧鬼，逼得建商不得不停下工程，此次投資可謂是虧大了。

當然，工地裡全部的事件皆是百欣的傑作，這一局確實辦的漂亮，同時亦可見，雖然百欣對待婆婆的善良與用心有如天使般溫暖，但嗜殺程度也同江湖傳言的一

樣恐怖。

　　宏傑最近新任信箱主，很多事情還不明白，但克寒不願在原單位做助理協助宏傑，便自動申請調職，於是百欣接收克寒為助理，並常鼓勵克寒努力，不斷向克寒表明以後自己的位置會留給他。

　　小書對莊穎提問：「老師，您把克寒留在原單位當助理，分明是想逼退他，這做法實在不像您的模式，您是故意的嗎？而且百欣明明幫您打壓克寒，卻又拉克寒當助理，我實在不懂…」

　　莊穎若有所思的說：「就看下去吧，一切造化是由人，還是上天捉弄半點不由人，我也不清楚。」

　　總公司最近狀況不少，有好幾個案件在接受檢調的查察，甚至還有一些機密流露出去，莊穎請檢調單位的暗樁協助追查後，證實了公司有人從內部網路將消息蓄意對外洩漏，而交換情報的用具則是珠寶盒。

　　莊穎鎖定了幾個嫌疑人，安排監控組二十四小時監視，最後終於確定內奸是百欣，可是仍找不到對付百欣

的突破口。

　　宏傑是莊穎的內應，因為莊穎知道，以公司資歷、暗網能力、殺傷力等綜合因素來看，敵人一定會選擇宏傑為突破口，而為了讓敵人拉攏與總召不合的人，克寒那場戲也是莊穎安排的。

　　認定珠寶盒有異狀的即是克寒，他發現，雖然百欣叫外賣、洗頭、洽公、坐計程車、搭捷運、到餐廳用餐等，都沒有接觸任何人，也沒看到其他人去觸碰或交換珠寶盒，但珠寶盒卻時常出現在百欣的辦公桌上。

　　宏傑分析說，珠寶盒是早期蘇聯格別烏系統的傳輸方式，其盒蓋設計成可放置五張撲克牌的大小，整個盒子則是一顆炸彈，被稱為王牌炸彈箱。

　　盒蓋上五張牌的位置，就是密碼輸入處，設定密碼之人要先在盒蓋上插入兩張牌，剩下的三處則留給解碼之人插入。由於插牌動作細膩，所以必須靠近珠寶盒，一旦密碼錯誤，珠寶盒必定爆炸，非死即重傷，因此很多人不敢輕易嘗試解碼，是一個很經典的密碼盒，電影【不可能的任務】中會爆炸的情報盒即是以它為原型設

計的。

　　數學女孩雪倫驕傲的對莊穎說：「讓我來吧，解碼這種事情，連你都不是我的對手呢！想當年，我們還一起破解【魔數術學】裡的撲克密碼，真懷念那段神感應的往事啊。」

　　小書：「不行啦，師母，這次的解碼很危險欸，何況我們也不知道交換珠寶盒的方式…」

　　莊穎沈思了一會：「既然我們找不到交換珠寶盒的方式，表示一個人監控必有盲點。雪倫，妳先暗中觀察，不要輕舉妄動，時時刻刻跟我回報，小書，你跟上師母，以兩人小組為單位跟蹤。」

　　於是雪倫和小書一起監視百欣，但狀況誠如克寒所說，百欣完全沒有接觸別人，珠寶盒卻時而消失、時而出現。

　　小書：「師母，完全沒破綻啊，問題到底會出在哪？」

　　雪倫：「我們監視的百欣都沒有問題，那問題一定

發生在我們沒監視到的地方。小書，百欣下次下車後，我跟上她，你改追蹤那台計程車。」

隔了數天，小書到樹屋找莊穎回報：「師母的推測果然是正確的，難怪我們怎麼盯著百欣都沒用。」

莊穎：「查出什麼了？」

小書：「百欣是個假面女，她的態度常和翻書一樣快，幾乎沒有人喜歡跟她有肢體碰觸，與其說對她敬而遠之，不如說大家都很怕也很討厭她，她底下的員工還會用婊子這種難聽的字眼稱呼她呢。

這次的突破點就是計程車，我本來有懷疑計程車司機，可是百欣每次搭的計程車都不是同一個司機，甚至不是同一間公司的派車，所以司機沒有問題，關鍵是百欣下車後的下一位乘客。百欣會把珠寶盒放在計程車的駕駛座下，她下車的位置是刻意安排的，每次她下車後，她的同夥就會在下個路口攔車，並把珠寶盒取走，要再送來給她也是用這個方式。」

雪倫：「看來我們必須想辦法攔截了。」

莊穎：「不可以攔截珠寶盒！那可是炸彈，如果是陷阱怎麼辦？」

雪倫：「你別擔心，我打算喬裝成老婦，在百欣下車後搶先攔車，但我不會動珠寶盒，只會拍下它的外觀，這樣她的同夥如果追車，還是可以在我下車後拿到珠寶盒，而我們也可以研究看看那盒子有什麼古怪。」

莊穎皺了眉頭，猶豫了好一會，還是答應了：「好吧，妳千萬要小心。」

雪倫依照計畫，在一次機會下順利搭上了計程車，可惜還來不及拍照，她就突然不省人事了。等她醒來時，她已攤在一間鐵皮屋內的地上，而百欣就坐在她身邊。

百欣打了視訊給莊穎，莊穎一看到雪倫的模樣，頓時大怒，卻仍冷靜的問百欣：「妳想要什麼？」

百欣冷笑：「我要王神或王芮的命！我知道憑我的能耐殺不了他們，所以只好委屈點，採用一命換一命的方式了，我相信以總召您的聰明才智，殺掉他們其中一

人絕對不是難事。為證明我心意已決，我已經把珠寶盒
炸彈放在雪倫身旁，我給您一個小時，如果您成功，我
會破解密碼，並讓雪倫安然無恙的回您身邊，但若您失
敗，炸彈就會爆炸。」

　　莊穎：「好，我答應妳，不過目前王神和王芮都
不在國內，妳先告訴我密碼要怎麼破解，我們再好好計
畫。」

　　百欣仿佛被逗樂般笑了出來：「總召大人，您是不
相信我到時候會幫忙破解密碼，還是當我是笨蛋？」

　　莊穎：「百欣，妳要抓到雪倫是非常容易的事，我
答應妳是讓妳知道雪倫很重要，妳至少要告訴我珠寶盒
的密碼，我才能放心辦事吧！」

　　百欣微笑點頭：「還是總召大人思慮周全呢！好
吧，我可不是個鐵石心腸的人，就跟您介紹一下這個珠
寶盒囉！」

　　百欣將畫面切換到珠寶盒上：「盒蓋上的五個空
格，我已經放上兩張牌了，剩下三個空格必須補上正確

的三張牌，如果出錯，炸彈就會爆炸。這五張牌是同花大順，雖然三張牌的順序只有六種排法，但五死一生的存活機率可不高喔。」

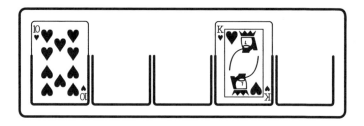

　　此時，百欣在珠寶盒旁擺了一張紙，笑嘻嘻的說：「其實我早就準備好提示給您了，一直聽聞總召大人您聰明過人，所以我很想試試您的能耐，就請您一邊擬定好讓我滿意的任務計畫，一邊努力破解密碼來救人吧！您放心，我人會一直在這，如果爆炸了，雪倫姊姊也不會孤單的。」

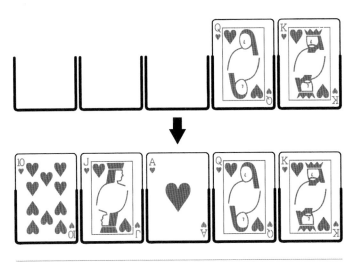

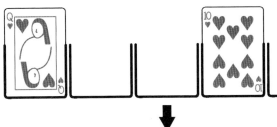

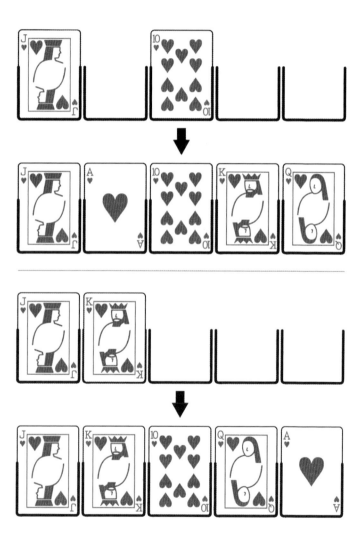

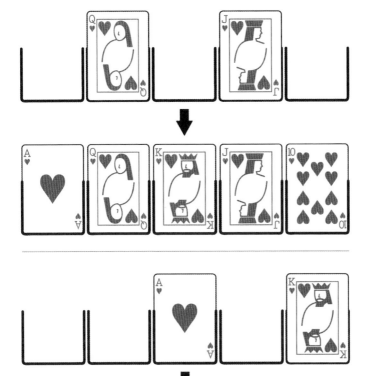

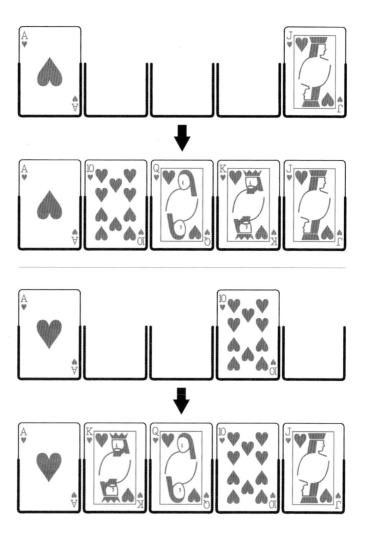

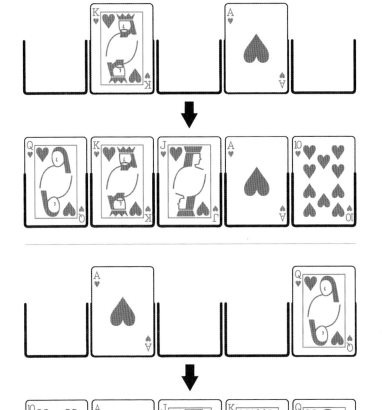

百欣在講最後一段話時，鏡頭已轉向自己，一旁的宏傑便湊到她身邊，以眼睛打摩斯密碼告訴莊穎：『老師您放心，我絕對會保護師母，另外，我很擔憂百欣，她似乎有雙重人格，內在的天使與惡魔正不斷衝突，狀態極度不佳。』

莊穎依舊冷靜的說：「看來妳的恨意不小，既然我們無冤無仇，妳有冤屈，可以找我當許願信箱，不該用這種極端的手段。鑫信箱是什麼樣的人，想必妳很清楚，搞垮王神對他們而言只是生意罷了，之後他們隨時會犧牲妳，妳好好想想。」

莊穎果斷掛掉電話後，隨即收到宏傑偷偷發送的坐標，他們的所在位置座落於某山區內，路程需要兩小時，在直升機無法飛行的不良天候下，莊穎除了下令讓武裝部隊趕去，也只能緊張的踩滿油門直奔目的地，並一邊以錄音方式擬定擊殺王神的計劃。

時間一分一秒流逝，宏傑一直抱著百欣，不斷陪她聊天、轉移她的注意力，希望能找到機會平緩百欣的心情，誘導她說出密碼，更讓雪倫能專心解碼。宏傑與百欣不同，他知道雪倫『數學女孩』的身份，剛剛莊穎刻

意拐百欣給珠寶盒提示，其實是要給雪倫看的，好在百欣並不知道解碼是雪倫的強項，絲毫不在意一旁的雪倫在做什麼。

只剩下十分鐘了，百欣仍忽好忽壞，那瘋瘋癲癲的樣子讓宏傑好心疼，宏傑抱著她說：「求妳了，有什麼委屈就跟我說，別再說要殺王芮、殺王神這種話，這樣連神都救不了妳。」

在宏傑的懷中，百欣不知不覺的因宏傑偷偷下藥而睡著了，原本宏傑打算趁機帶著百欣和雪倫一起離開屋子，沒想到百欣已將出口設定成與珠寶盒連動，全數上了鎖，不解開密碼仍出不去。

此時，雪倫對著珠寶盒左思右想，她拿起A插入最右端的空格，接著把Q插到K的左邊那格，僅剩的J則是插入最後一個空格，咔的一聲，成功開啟的珠寶盒讓雪倫和宏傑都鬆了一口氣，他們立刻打電話給莊穎，讓莊穎放下心中大石。

盒裡有一張全家福照片，父母親滿臉盡是慈愛，和母親神似的百欣則笑容滿面，三人站在一起，怎麼看都

是一個人人稱羨的家庭，但宏傑卻察覺到問題，他用手機一掃描照片，立刻查出百欣的父親名叫蔡恩強，曾是吸金詐騙犯，害死過很多人，在試圖潛逃國外的途中被王芮攔截並狙殺。

百欣不斷陷入痛苦之中，畢竟王神待她如女兒般照顧，但王神的女兒王芮卻是殺父仇人，這樣的矛盾加上思念父親的心情糾結，若不是當事人，誰都無法理解、幫忙，百欣只能靠自己走出來，可是如果她做不到，繼續對王芮有殺意，將會輕易惹上殺身之禍。

莊穎把百欣囚禁於總公司的地牢中，一般來說，關兩天就要速審速決，莊穎卻以精神狀況為由，暫時沒有依照公司規則懲罰，打算等王神回來後再定奪。

深不可測的地牢裡，目前只有百欣一人，宏傑每天都去看她，雖然心裡甚是難過，但他知道百欣死罪難逃，這次事件又牽涉雪倫，所以他完全不敢向莊穎求情，只希望自己能繼續陪伴百欣，不論未來狀況為何，即使百欣被囚禁一輩子，宏傑仍打算守護著她。

其實莊穎已經從寬了，就算先不論百欣是個想殺王

神和王芮的內奸，光這次的事件，莊穎沒對百欣痛下殺手根本是萬幸，若不是善良的莊穎體諒百欣生病，加上最後沒有任何人受傷，否則一旦莊穎真正動怒，百欣的後果必定不是悲慘二字足以形容的。

雪倫無法親自探望百欣，她便利用無人機送咖啡和甜點過去，並放上一部手機，每天陪百欣聊天，勸她按時服用抗憂鬱的藥，不斷的鼓勵她，要她相信自己會越來越好。

幾天後，王芮傳了一段視頻給莊穎，讓莊穎看到掉淚，他只好交給雪倫轉達給百欣，不願被百欣看到自己感性的一面。

王芮：『百欣，我當時執行的任務，就和妳當信箱主所執行的一樣，行動全是機密，理論上，妳絕不可能知道是我殺害了妳父親，但是妳父親過世後，妳常常痛苦到割腕自殺，每次被救回來，妳又會立刻忘記自戕的事，反覆的陷入痛苦輪迴中，因此王神覺得妳可憐，才向妳透露我是殺父仇人的訊息，他想讓妳以我為復仇目標、讓妳有個信念支撐妳繼續活下去。王神把妳扶植成信箱主，也是希望妳能明白，執行任務時所擊殺的都是

惡徒，當年妳父親殘害的家庭數以千計，妳可曾想過那些孩子何其不幸？

其實⋯妳父親在偷渡時，曾一度把妳推下海，讓追他的人為了先救妳而有機會逃跑，他打從一開始就沒打算帶妳們母女倆出國，這也是我擊殺妳父親的最大因素，但那段過去妳太難以接受，所以妳封閉了自己的記憶，變成雙重人格，可是天使人格脆弱，使妳活不下去，魔鬼人格又太嗜殺，亟欲復仇。

還記得以前我們情同姊妹的日子嗎？我不是刻意對妳好，妳的本質是很討人喜歡的，不過當我知道父親的打算後，我很自然的選擇疏遠妳，因為我一點都不想在付出感情後，卻被妳認為是個假面的姊妹。

我決定要拔除妳和宏傑的職位，讓他陪妳去環遊世界、開闊心胸，未來只能交給時間，我不希望妳受傷或宏傑難過，所以你們今天就離開吧！祝妳幸福。』

百欣邊看邊嚎啕大哭，透過無人機播放的影像，她想起了好多事。當年，因貪心而傷害無辜善良的人，被王神罰關入地牢整整三天時，冒險探望她、幫她送食物

的就是王芮，結果自己沒事了，王芮卻被罰關五天，只有水可以喝；因深受慘痛記憶的影響，一痛苦便選擇割腕時，拉住她、阻止她的就是王芮，結果自己每次都選擇性遺忘，王芮還陪著她裝沒事；因被父親推入海裡，在水中掙扎無助時，最先救她、抱住她的就是王芮，結果為了讓自己有動力活著，王芮不惜被追殺也一直藏著真相。

越愛才有礙，因為靠近才會碰撞，唯一解決的方法是有愛無礙。

· · · · · · · · · · · · · · · · · · · · · · · · ·

小書：「師母，那個密碼我還是解不出來耶？為什麼您可以不到一小時就解開，也太誇張了吧！」

雪倫露出調皮的笑容，雀躍的在莊穎和小書面前放上五張面朝下的牌，接著翻開第一張K及第三張J。

莊穎沒有任何遲疑的說：「從左到右是A、Q、10！」

小書半信半疑的將三張牌打開，再傻眼的看向完全命中的莊穎。

莊穎與雪倫相視一笑，還互比小愛心，臉上充滿『只有你懂我』的甜蜜。

小書簡直快被閃瞎，他大叫：「兩位老人家可以出去散步嗎？我需要一個人靜一靜、好好思考，如果想不出來，都是您們撒狗糧害的，快出去好嗎！」

數學男孩牽起數學女孩的手，開心的跑去廚房泡咖啡，一起用嘴分享數學雞蛋糕。

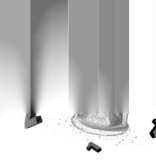

## 解密：善財・贍財

樹屋小語

### 越愛才有礙，有愛才無礙。

### 『數』屋魔術

用五張同花大順撲克牌與夥伴完成一個神奇的密碼魔術。

### 效果步驟

1、 魔數師把五張面朝上的同花大順撲克牌放在觀眾面前，並請觀眾隨意排列。

2、 觀眾排列好後，魔數師將其中三張蓋上，再請夥伴來看或拍照傳給夥伴。

3、 無論觀眾怎麼排列，魔數師的夥伴必定可以準確說出蓋著的三張牌依序為何。

### 方法步驟

1、 先與夥伴建立默契，統一以『從左到右』的方向看牌。

2、 於五張牌中找出三張牌之點數依序為遞增牌或遞減牌蓋住，如果剩下的兩張牌之點數也同是遞增或遞減，方可做為密碼暗示蓋牌之遞增、遞減性。以下為範例：

(1) 若觀眾將牌排成 Q、K、A、10、J，可以蓋住Q、K、A這三張遞增牌，以10和J為密碼暗示蓋牌為遞增，夥伴即可知道蓋住的三張牌依序為Q、K、A。

(2) 若觀眾將牌排成 Q、A、K、10、J，可以蓋住A、K、J這三張遞減牌，以Q和10為密碼暗示蓋牌為遞減，夥伴即可知道蓋住的三張牌依序為A、K、J。

3、並非每種排序皆能順利以上述的方式設定密碼，因此須要把A當作變數，將A之花色是正向時視為14、反向時視為1，則必可成功暗示蓋牌之遞增、遞減性。以下為範例：

(1) 如果觀眾將牌排成10、J、A、K、Q，無法順利以兩張牌暗示三張牌之排序，此時若把A的花色反向當作1，則可以蓋住10、J、K這三張遞增牌，以反向A(1)和Q為密碼暗示蓋牌為遞增，夥伴即可知蓋住的三張牌依序為10、J、K。

(2) 如果觀眾將牌排成K、Q、J、10、A，無法順利以兩張牌暗示三張牌之排序，此時若把A的花色反向當作1，則可以蓋住K、Q、J這三張遞減牌，以10和反向A(1)為密碼暗示蓋牌為遞減，夥伴即可知蓋住的三張牌依序為K、Q、J。

4、當設定密碼需要使用A時，必須注意A的花色之方向，若觀眾排序後A的方向不對，可以先把A從右往左蓋住，再假裝要更換考題而從下往上翻開A，利用蓋與翻的方式完成翻轉。下圖為示意圖：

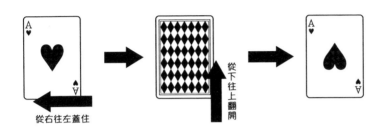

從右往左蓋住　　　　　從下往上翻開

## 數學原理

本章所介紹的密碼魔術，是要從五張牌中找出哪三張牌之點數依序為遞增牌或遞減牌，且剩下的兩張牌之點數也要同是遞增或遞減，而為了完成此項設定，必須先解決幾個問題。

**問題一：五個數字隨意排序後，是否必定能從中找到三數為遞增或遞減？**

答案是『Yes』。

首先，將每個位置的數字與其右方之數字相比，紀錄以它為起點的最大遞增數和最大遞減數。以2、1、3、5、4這五個數字舉例來說：

❶以2為起點的最大遞增狀況是2-3-5或2-3-4、最大遞減狀況是2-1，因此最大遞增數為3、最大遞減數為2，則數字2的紀錄為(3,2)。

❷以1為起點的最大遞增狀況是1-3-5或1-3-4、最大遞減狀況是1，因此最大遞增數為3、最大遞減數為1，則數字1的紀錄為(3,1)。

❸以3為起點的最大遞增狀況是3-5或3-4、最大遞減狀況是3，因此最大遞增數為2、最大遞減數為1，則數字3的紀錄為(2,1)。

❹以5為起點的最大遞增狀況是5、最大遞減狀況是5-4，因此最大遞增數為1、最大遞減數為2，則數字5的紀錄為(1,2)。

❺以4為起點的最大遞增狀況和最大遞減狀況都是4，因此最大遞增數及最大遞減數皆為1，則數字4的紀錄為(1,1)。

假設$a$、$b$兩數的紀錄分別是$(x_a, y_a)$和$(x_b, y_b)$，且數字$b$位於數字$a$的右方，若$a < b$，則以$a$為起點的最大遞增數$x_a$必大於以$b$為起點的最大遞增數$x_b$；同樣的，若$a > b$，則以$a$為起點的最大遞減數$y_a$必大於以$b$為起點的最大遞減數$y_b$。由此可知，每個數字的紀錄結果必不同。

如果$n^2 + 1$個數字隨意排序後，其中並沒有$n + 1$個數為遞增或遞減，表示所有的紀錄數字皆小於$n + 1$，但由1到$n$可生成的紀錄只有$n^2$種，情形便矛盾了。因此，一定能從$n^2 + 1$個排序數中找到$n + 1$個數為遞增或遞減，而五個數字即是$n = 2$的狀況。

問題二：已知隨意排序的五張牌內，必能找到其中三張牌之點數依序為遞增牌或遞減牌，但剩下要當作密碼的兩張牌之點數，是否一定有相同的遞增或遞減性？

答案是『No』。

假設五張牌之點數為$a$、$b$、$c$、$d$、$e$，且$a < b < c < d < e$，當極小值或極大值排在五數之兩端，很容易會產生問題。舉例來說，如果

五張牌之點數依序為 $a$、$e$、$d$、$c$、$b$：

❶若 $a$ 已知（未蓋）、$e$ 未知（蓋住）：$a$ 為密碼第一張，密碼必暗示遞增，但 $e$ 為蓋牌第一張，三張蓋牌必為遞減牌，情形矛盾。

❷若 $a$ 已知（未蓋）、$e$ 已知（未蓋）：$a$、$e$ 為暗示遞增之密碼，但 $d$、$c$、$b$ 三張蓋牌為遞減牌，情形矛盾。

❸若 $a$ 未知（蓋住）、$e$ 未知（蓋住）：$a$、$e$ 為蓋牌之第一、第二張，表示三張蓋牌將沒有遞增或遞減性，情形矛盾。

❹若 $a$ 未知（蓋住）、$e$ 已知（未蓋）：$e$ 為密碼第一張，密碼必暗示遞減，但 $a$ 為蓋牌第一張，三張蓋牌將沒有遞增或遞減性，情形矛盾。

五張牌的排列組合共5! = 120種，其中只有80種排序，在蓋住三張遞增牌或遞減牌後，剩下的兩張牌能直接當成密碼暗示蓋牌之遞增、遞減性，此種設定方式稱為『基礎型』。

作者曾在2007年發表『先蓋住五張，現場翻兩張』的方式，透過動作進行密碼暗示，而後更於2019年再次藉由♠及♥皆非點對稱圖形，令A的花色正向時點數為14、反向時點數為1，以『進階型』（設定A為max或min）解決了『基礎型』會遇到的困境。

**問題三：如果只靠『進階型』來設定密碼，是否每種排序皆可成功？**

非常遺憾，答案仍然是『No』。

假設五張牌之點數為 $a$、$b$、$c$、$d$、$e$，且 $a < b < c < d < e$ 或 $e' < a < b < c < d$，則可將問題減化成僅討論 $a$、$b$、$c$、$d$ 四數的 $4! = 24$ 種排列組合，若四數中已有三數為遞增或遞減，那剩餘的一數與 $e$ 或 $e'$ 一起當密碼時，必可依據需求將密碼設定為遞增或遞減。

以下為 $a$、$b$、$c$、$d$ 四數所有的排列組合：

❶ $a$、$b$、$c$、$d$：已有三數為遞增。

❷ $a$、$b$、$d$、$c$：已有三數為遞增。

❸ $a$、$c$、$b$、$d$：已有三數為遞增。

❹ $a$、$c$、$d$、$b$：已有三數為遞增。

❺ $a$、$d$、$b$、$c$：已有三數為遞增。

❻ $a$、$d$、$c$、$b$：已有三數為遞減。

❼ $b$、$a$、$c$、$d$：已有三數為遞增。

❽ $b$、$a$、$d$、$c$：無三數遞增或遞減。

❾ $b$、$c$、$a$、$d$：已有三數為遞增。

❿ $b$、$c$、$d$、$a$：已有三數為遞減。

⓫ $b$、$d$、$a$、$c$：無三數遞增或遞減。

⓬ $b$、$d$、$c$、$a$：已有三數為遞減。

⓭ $c$、$a$、$b$、$d$：已有三數為遞增。

⓮ $c$、$a$、$d$、$b$：無三數遞增或遞減。

⓯ $c$、$b$、$a$、$d$：已有三數為遞減。

⓰ $c$、$b$、$d$、$a$：已有三數為遞減。

⓱ $c$、$d$、$a$、$b$：無三數遞增或遞減。

⓲ $c$、$d$、$b$、$a$：已有三數為遞減。

⓳ $d$、$a$、$b$、$c$：已有三數為遞增。

⓴ $d$、$a$、$c$、$b$：已有三數為遞減。

㉑ $d$、$b$、$a$、$c$：已有三數為遞減。

㉒ $d$、$b$、$c$、$a$：已有三數為遞減。

㉓ $d$、$c$、$a$、$b$：已有三數為遞減。

㉔ $d$、$c$、$b$、$a$：已有三數為遞減。

由列表可看出，24種排序中，共計20種排序可直接使用『進階型』設定密碼，而剩餘的4種僅以『進階型』會不成立的原因，仍在於極值恐無法改變其遞增、遞減性，但那4種卻可以用『基礎型』設定：

❶ *b*、*a*、*d*、*c*：稱作2143型，加上5後將形成52143、25143、21543、21453、21435這五種排序，它們皆以『基礎型』即可設定。

❷ *b*、*d*、*a*、*c*：稱作2413型，加上5後將形成52413、25413、24513、24153、24135這五種排序，它們皆以『基礎型』即可設定。

❸ *c*、*a*、*d*、*b* 稱作3142型，與2413型同理。

❹ *c*、*d*、*a*、*b* 稱作3412型，與2143型同理。

顯然，只要先從『基礎型』出發，若遇到以『基礎型』無法處理的排序，或密碼須使用到A，再加入『進階型』輔助，便可在每種排序設定密碼了。

### 小叮嚀

善是大愛溫暖、贍是充足飽滿，手上的錢應由善良貢獻而獲得，才足以充實家庭生活。當財不善，就不是贍財，而是貪財。

本篇提到的婆婆與肉販是發生於越南的真實案件，有人可能會認為肉販罪不致死，但是請大家細思，當一位年老無反擊能力的婆婆受到此等對待，是身心靈的煎熬，我們對生命應致上崇高無比的尊重，不應該讓善良的惻隱之心成為惡魔的嘲弄。

Part **7**

# 行為
# 形偽

**勤**詮拉著久澤穿越一條乾淨明亮、以粉色裝潢的走道，沿途遇見的服務人員皆面帶微笑，進入專屬的『熊膽室』後，還有好幾位美女服務生替久澤更衣，讓他在舒適的沙發床躺下，久澤整個人醉茫茫的，但眼睛仍不忘猛盯著美女。

勤詮把好幾份文件放到久澤面前：「簽名。」

久澤一副吊兒郎當的問：「那些是什麼鳥文件？」

勤詮嚴肅的說：「是你簽了就可以讓生命活出意義的文件，如果你不簽，我只好把你從這個保護傘丟出去，要不是關娟花大把的錢讓你來熊膽室，你早被受害家屬五馬分屍了，你的命這輩子大概此刻最值錢吧！」

久澤生氣的罵道：「說什麼東西！我剩下的財產呢！」

勤詮冷淡回應：「你還敢想錢？你有那個命花嗎？這些文件是要為你處理器官捐贈、兒童之家和相關慈善基金會的，都是在幫你積德，總有一天你一定會感謝還有這些籌碼。順便提醒你，那幾位美女是醫學系畢業的高材生，目前在王神集團擔任實習醫生，對她們客氣一

點，不要毛手毛腳，否則對你沒好處。」

　　久澤雖然不甘心，卻也只能悻悻然的簽完所有文件，對眼前的美女、美食、美酒反倒提不起勁，畢竟待在這間舒適又安全的房間等同於被軟禁，可是現在社會大眾都以為久澤偷渡出國，連久澤的家人都不知道他在哪，久澤才打算先安穩一陣子，等換了身份出去後，再靠以前的人脈過爽日子。

　　不甘氣勢一度輸給勤詮，久澤依舊用目中無人的態度故意對勤詮說：「我在電視上有看到你被丟雞蛋，還差點被民眾打，但你仍為了錢把我弄出來，不要一副高尚的樣子，你他媽也是一條錢狗而已！」

　　勤詮絲毫沒有動搖，堅定的表示：「如果那些人打我可以有點安慰，我甘願被打，因為被害者家屬的痛，誰都無法彌補。不過，你放心，他們最終會感謝我救你出來的。」

　　久澤始終沒搞懂，惡人有惡報在王神集團中是天經地義的硬道理，也是王神許願信箱的最高指導圭臬，而勤詮最後那句讓久澤不寒而慄的話，正是莊穎傳達給

所有計畫人員的，每位信箱主都在期待熊膽室啟動的日子。

如果說惡魔大樓是求生的地獄，那熊膽室簡直就是求死的煉獄…

. . . . . . . . . . . . . . . . . . . . . . . . .

傑濤年紀小又長得帥，他常在網路上寫食物推文，偶爾還直播變數學魔術，關注他的人便越來越多，現在已擁有一大票粉絲，濤爸也以優異的廚藝找到精神寄託，整個人自信又風趣，因此來樹屋朝聖的客人，都知道一定要點濤爸大廚的招牌數學雞蛋糕，並找傑濤合照打卡。

有優秀的大廚及強大的宣傳，加上餐點提供外送服務，樹屋的生意越來越好，簡直忙不過來了，幾乎所有弱勢家庭的孩子全跑來學習，連家長都一起在樹屋工作，甚至還有其他店主來樹屋談加盟呢。

今天傑濤的死黨戀佑突然跑去找莊穎哭訴，因為他的父親被警察帶去問話。佑爸是啞巴，總是掛著招牌傻笑，讓人以為他憨憨的，但其實佑爸做事很細心，他

負責的工作是數學雞蛋糕網路訂單，由於他與人溝通有困難，所以習慣寫字或打字，把每件事物都鉅細彌遺記載，從不含糊，網購的生意自然被他經營得有聲有色。

懋佑這孩子特別聰明，數學的天份和理解力極佳，有時會加入傑濤的直播一起變魔術，天真可愛的模樣也圈了不少粉。以前懋佑總是三餐不繼，佑爸去打零工時，懋佑就會住在樹屋，父子倆雖聚少離多，但感情非常好，而懋佑的母親是名外配，她在懋佑出生不久後返鄉探望年邁父母，沒想到剛好遭遇地震意外，便與佑爸失聯了。

其實佑爸曾私底下告訴莊穎，懋佑的母親是嫌棄佑爸窮困才離開家，可是佑爸並不打算告訴懋佑，因為他希望懋佑能從小惜福、善解人意。一直以來，莊穎都幫忙保守著秘密，與佑爸相依為命的懋佑越大越開朗懂事，現在哭著找莊穎的模樣實在讓大家好心疼。

莊穎：「我的小帥哥啊，你別哭了，老師有找一流的律師去陪爸爸，爸爸沒事，警察只是問問話而已，是現在詐騙集團招術太多、太厲害，爸爸才被陷害，凍結的帳戶是樹屋的，沒多久就會恢復正常，損失也不多，

你不要擔心。」

懋佑邊啜泣邊說：「老師，您把壞蛋揪出來好不好？我要把那些壞蛋都做成雞蛋糕！」

即便已經讀國中，懋佑仍有著童言童語的幽默魔力，總是一開口便把大家逗得哈哈大笑。

雪倫：「用那些壞蛋當原料做的雞蛋糕我們才不敢吃呢！不過莊穎老師一定會揪出壞蛋，將他們繩之以法。」

懋佑睜大眼睛：「真的嗎？」

莊穎：「真的啊，要不要學判斷真偽的特異功能？」

懋佑半信半疑的說：「怎麼可能判斷說謊？」

莊穎：「來來來，我示範給你看。」

莊穎從撲克牌中取出黑桃A、方塊4、梅花J、紅心10、梅花3、方塊Q、梅花7、紅心2、方塊8、黑桃9、小鬼、黑桃5、黑桃K、大鬼和紅心6，他把這十五張牌在懋

佑面前展開，讓戀佑在心中記住一張牌，接著莊穎把一張A4紙撕成了八等份，又在其中七張紙上分別寫出八張牌。

莊穎：「等一下老師會拿紙讓你看上面有沒有你的牌，你要誠實的紀錄有還是沒有，但是不要說出來，也不要讓我看到，要開始囉。」

莊穎把一支筆及剩餘的紙片交給戀佑，方便戀佑做紀錄。

第一張紙寫著：『♣3、♦4、小鬼、♥2、♠5、大鬼、♠9、♦8』。

第二張紙寫著：『♥2、♥6、♥10、♣7、♣3、♣J、小鬼、大鬼』。

第三張紙寫著：『♦4、♣7、♥6、♠K、♠5、小鬼、♦Q、大鬼』。

第四張紙寫著：『大鬼、♣J、♦8、♦Q、♠K、♠9、♥10、小鬼』。

第五張紙寫著：『♥6、♦8、大鬼、♠5、♣J、♥2、♦Q、♠A』。

第六張紙寫著：『♥10、♣3、♦8、♠A、大鬼、♥6、♠K、♦4』。

第七張紙寫著：『♣J、♠A、♠9、大鬼、♠K、♣7、♠5、♣3』。

懋佑認真看過每張紙並記錄答案，寫完七個答案後，懋佑一臉疑惑說道：「我寫好了。」

莊穎：「好，現在你的紙上會有七個答案，你可以從這些答案當中選一個說謊，選好之後，再依序告訴我每一張是『有』還是『沒有』。」

懋佑：「沒有、有、有、沒有、沒有、有、沒有。」

莊穎立刻回答：「你第五張說謊，心中的牌是紅心6。」

懋佑瞪大了雙眼，旁邊圍觀的孩子也湊到懋佑身旁

看紀錄，紙上寫著：『沒有、有、有、沒有、有、有、沒有』，確實是在第五個答案說謊。

　　戀佑驚奇的說：「完全命中欸！老師真的有特異功能！我可以學嗎？」

　　雪倫：「這個是大學的課程了，做這種計算一般要花上三分鐘左右，但莊穎老師有一個三秒解答的方法，若不談數學原理，先教你學會這個數學魔術是沒有問題的。」

　　樹屋裡的孩子很喜歡數學遊戲，聽到有新的數學魔術可以學，孩子們都開心的大聲歡呼，這種沒有壓力的好奇學習，加上有數學男孩和數學女孩的守護，孩子們皆在平安快樂的環境中長大。

　　莊穎一直訓練著孩子們要有自食其力、樂觀進取的特質，他不喜歡別人說樹屋是慈善機構或收容所，更討厭有人質疑他的數學女孩身為大學教授還為商業性質的樹屋背書，莊穎一向都大方承認自己是做生意的生意人，他建立給孩子的觀念是『君子愛財取之有道』，越會賺錢才越能回饋社會。

懋佑的情緒已瞬間被莊穎轉移，此時懋佑不僅心情安定，也得到數學魔術的啟發，絲毫沒留意佑爸早已站在他的身後。

　　在莊穎的暗示下，懋佑轉頭，一看到佑爸的招牌笑容，忍不住又哭了出來，他快步的奔向佑爸，把瘦小的佑爸抱在懷中，佑爸仍給掛著憨憨的微笑，沒有流露出任何不安或憔悴，並偷偷用手語對莊穎比了『謝謝』。

- - - - - - - - - - - - - - - - - - - - - - - - - - -

　　小書整理好勤詮給的資料後報告道：「這是很典型的網路詐騙術，詐騙犯會讓賣家和買家形成一個迴圈，自己在中間取貨但沒給錢，出貨的賣家是受害者，卻會被同是受害者的買家起訴，所以帳戶會被凍結，還有打不完的官司，對於小本經營的賣家而言是一大惡夢。」

　　雪倫：「我聽不懂，什麼迴圈？」

　　小書：「舉例來說，假設老師是在賣電腦的A賣家，我是向老師訂貨的B買家，若我向老師下訂五部電腦要價十五萬，我會在網路上張貼十台大電視特價十五萬的消息，這時候，如果師母妳是想買電視C買家，因為覺得我

賣得很便宜而跟我下單，我就會把老師的匯款帳號給師母，此時整個現象會變成C轉帳給A、A出貨給B、B則把貨銷給地下贓貨機構轉成現金。

　　表面上，沒拿到貨的C是受害者，但事實上，因為C會對A提告，所以A損失更大，不僅帳戶會被凍結，還會被當成詐騙犯辦理，C最終必能拿回轉出的帳，A則會丟了貨、失了錢又官司纏身，這次佑爸就是A這個角色。」

　　莊穎：「換我不懂了，我們家的雞蛋糕又不是3C產品，保存期限也很短，詐騙佑爸五百包雞蛋糕幹嘛？要怎麼換現金？」

　　小書和雪倫一起看向莊穎，臉上都是苦笑的表情。

　　莊穎：「幹嘛啦，不對嗎？」

　　小書：「老師，您最近在集團太忙了，樹屋早就不可同日而語囉！

　　您知道的，濤爸的數學雞蛋糕都使用天然養身食材，更加了特別調味秘方，原本就已經很受歡迎了，最近又有好幾個網紅力推樹屋，還在直播中把雞蛋糕跟各

式材料用氣炸鍋做成多種花式料理，成品五花八門又好吃，導致雞蛋糕完全供不應求，今天下訂真空包裝的雞蛋糕，恐怕至少要等半年才能出貨，要不是師母規定樹屋不能加班，我相信大家絕對會開心的熬夜賺錢。

目前網路的叫價，一包兩百元都有人搶著買，前幾天有個男生因為買不到而被女友休了，這事還上新聞呢！現在最新的網路用語是『你吃G了嗎』，就是在問有沒有吃過樹屋的數學G蛋糕，吃過才有資格能炫耀自己很潮，所以啊，那五百包的貨大概可以立刻回收淨利十萬，還不用讓地下贓貨組織收回扣，而且小本經營的網購食品業，通常都被詐騙犯認為是打不還手又好欺負的對象。」

莊穎：「真是可惡，這種詐騙方式根本防不勝防，畢竟買家的匯款資料，本來就未必是自己的名字，如果設定買家實名制，要求收貨人必須以自己的匯款帳號購買才能出貨，又會造成某些買家或公司有所不便，反而會阻礙賣家生意，若出貨點在國外，就更難防範跟抓到兇手了。」

小書：「老師，這類型的詐騙犯，不需要花任何一毛錢便可買空賣空，還能陷害可憐的賣家當替死鬼，想騙到他們的錢恐怕不容易，實在很難處理，要怎麼辦啊？」

莊穎：「動用集團的駭客機制吧，以演算法找出利用這種方式詐騙的不法人士或集團，將他們通通鎖定，再全部抓去惡魔大樓，讓那些騙徒互相較勁騙術、自相殘殺。」

小書：「要設置機會點嗎？」

莊穎點點頭：「通知所有信箱主，如果發現願意悔改的人，可以收編進工具組，送去詐騙集團當臥底，不過對待執迷不悟的，只需給一次對賭的機會，賭贏了方可平安離開，當然，他們是不可能贏的，但我要讓世人知道，我們王神集團的信箱主很公正、公平。」

小書：「呃…老師，機率在您手上，向來只有『您說了算』的可能性，這點在江湖上都流傳好久了，您的臭名早已遠播，還需要洗白嗎？」

莊穎微笑：「愛徒，我再給你一次好好說話的機會。」

小書趕緊站了起來，卻又嬉皮笑臉的說：「哈哈，剛剛是口誤，您是威名遠播才對啦！現在時間也不早了，等一下我還要陪鈴可去看電影，所以我先去佈達您的命令囉！您們早點休息，小的告退！」

小書剛走，勤詮的訊息也隨之傳來：『報告總召，熊已進入熊膽室，所有受害者家屬皆完成聘雇，膽汁機台操作將於明日開始執行。』

· · · · · · · · · · · · · · · · · · · · · · · ·

乾淨整潔的辦公室裡，所有的員工全聚在一起等待主管排班，他們才共事一個月，但透過同事間的閒聊，大家很快就發現彼此都是久澤案件的受害者家屬，紛紛為此感到疑惑與不安。

白髮蒼蒼的老爺爺：「雖然二十四小時都要排班有點辛苦，可是工作內容只是定時去按機器上的按鈕跟掃地，每班又有四個人，還六小時就能交班，這麼輕鬆的

工作居然包三餐跟住宿，更別說薪水有五萬了，會不會有什麼問題啊？」

年輕小夥子：「我女朋友被那個狗議員虐死之後，為了報仇，我已經花光積蓄了，現在只要有錢賺，我什麼都不在乎，等我存夠錢，我一定要找到那個偷渡的王八蛋，讓他血債血償！」

一提起久澤，每個人都忍不住七嘴八舌的開罵，此時勤詮突然走進辦公室，害得眾人更加激動，無不義憤填膺的想上前痛扁勤詮。

主管大聲喝斥：「不要亂來！你們在這工作全是這位律師安排的！先聽他說完，你們就會知道為什麼要從法庭上救出那個王八蛋。」

一直以來主管都很和藹可親，現在突然大罵的舉動著實讓大家嚇了一跳，於是所有人暫時沒有輕舉妄動，只用雙眼惡狠狠的瞪著勤詮。

勤詮平靜真誠的開口說道：「大家辛苦了，依照現行的法律，每一次的開庭跟審判，相信您們都很煎熬。

目前，社會大眾很重視廢死議題及人道精神，即便法律無法符合每個人的需求與期待，但為了維持及約束社會的運行，依法執法是必要的，我當時之所以替久澤辯護，是因為您們絕對會不滿法庭宣判的結果，如果不先救他出來，我無法讓您們行使私刑正義。」

勤詮忽視每道疑惑的目光，直接以遙控器拉開機器後方的百葉窗隔板，並命人開啟擴音器。

百葉窗隔板後的熊膽室裡只有一個超級小的鐵籠，被養成大胖子的久澤，一絲不掛的被扔在籠裡，身上能看到的皮膚皆是燒燙傷，此外還有一根粗鐵管伸進久澤的體內。

看到這畫面大家才突然明白，他們工作時在機器上所按的按鈕，是在操控焊槍以小面積燒燙久澤，同時抽取他的膽汁，而二十四小時的輪班及定時按按鈕，全是為了不停折磨他。

其實膽汁沒有任何價值，純粹是要給美女實習醫生拿去做人體實驗，但據說抽膽汁的痛苦指數最高，因此為隔絕久澤淒厲無比的慘叫聲，熊膽室的隔音效果極

佳，若不是透過擴音器完全聽不到熊膽室的聲音。

地上大片的血跡與排泄物再配上哭喊聲，實在令人不忍卒睹，有人甚至噁心到去廁所狂吐。

勤詮：「我在這裡向您們擔保，在場的十六位受害者家屬皆沒有任何犯罪疑慮，此後，您們每個月都能領到這筆錢，雖然錢是來自久澤的財產，但是，他即便付出再多錢也買不回受害者的命，這是他罪有應得。

久澤會受到最先進的醫療照護，不會有任何生命危險，將每天無比痛苦的活著，之所以在各位工作一個月時公開這個真相，是讓您們有機會選擇，未來要繼續到這裡上班、繼續親手折磨久澤，或是放下仇恨的心，回到您們原本的生活，把久澤交給人體試驗醫療團隊。我個人是希望，能透過今天這個景象撫平您們渴望為愛人復仇的心，而不是繼續讓惡夢煩心，或被報復的暗黑心理影響往後的人生。」

勤詮關閉了百葉窗隔板跟擴音器，並把新的排班表留在桌上，交給受害者家屬自行審酌，此時眾人再也壓抑不住想念所愛之人的情緒，他們淚如雨下、相互擁

抱，沒有任何人講話，畢竟沒有言語能表達心中的痛苦跟糾結。

以前久澤詐騙少女，憑藉的是俊俏的外貌、議員的權威和多金的慈善形象，他比別人有更多機會享受人生、貢獻社會，卻利用紳士『行為』掩飾畜生『形偽』，如今他唯一的貢獻只有一個——捐出所有器官。

離開辦公室後，勤詮走到肥胖不堪的久澤面前問道：「痛嗎？」

久澤嘶吼著：「好痛！我知道我錯了！求求您放過我！求求您！」

勤詮：「你知道錯了，可是受害者都沒有錯，他們求你的時候，你有放過他們嗎？」

久澤：「拜託！我真的好想死！至少讓我知道我什麼時候可以死吧！」

勤詮：「依照你的罪行，本來要在熊膽室待十年，但既然你捐了器官和錢，刑期可以打折。」

久澤：「打幾折？」

勤詮：「打久澤！附上骨折！」

幾個月後，大部分的受害者家屬都選擇放下而離開，只剩一位老爺爺繼續留下，且二十四小時不間斷，一有空就到辦公室操作機器。

勤詮心疼的看著老爺爺：「老爺爺，您這是何苦呢？您這個樣子，孫女會很難過的…」

這位老爺爺雖然白髮蒼蒼，但其實年齡並沒有外顯的那麼年長，據說他是因為得知孫女被虐殺後太過悲傷，才在一夜之間整個人變得蒼老許多。

老爺爺用顫抖的手，從懷裡掏出兩張演唱會的票遞給勤詮，並哭著說：「我真寧願她不懂事、不打工、不養我，也怪我沒阻止她去上晚班，不然她怎麼會在下班後遇到那個惡徒！她被虐待了十三個小時，全身都粉碎性骨折，連臉和牙也被敲碎，我的乖孫女啊…嗚…」

勤詮不忍繼續看著老爺爺，他低下頭，將自己的注意力轉向演唱會的票，兩張票皺巴巴的，看得出來它已

經被反覆取出好多次，上面還有一小段漂亮字跡：『爺爺，這是我用第一份薪水買的禮物喔！我要帶我唯一且最愛的家人去看演唱會～』

勤詮閉上被淚水模糊的雙眼，握著老爺爺的手，用力的按下按鈕⋯

## 解密：行為・形偽

樹屋小語

### 替人著想，就是一種偉大情操。

劇中佑爸的事件，是作者在任教過程中曾看到的真實案例。這位
父親為了在孩子心中建立母親很偉大的形象，他告訴孩子，母親是
回家照顧外公外婆，卻發生了意外才失聯，實際上，父親這般舉動
更是值得敬佩。父親的臉上永遠都掛著憨憨的笑容，總是客氣的
鞠躬，看到孩子一定先緊抱他，令人印象深刻，現在他們開了一家
早餐店，孩子是否知道母親遺棄他的真相已不重要，因為那個樂
觀開朗的孩子，人生價值早已因父親的偉大而優秀了。

### 『數』屋魔術

用七張提問紙條與十五張牌完成一個神奇的猜心魔術。

### 效果步驟

1、魔數師將♠A、◆4、♣J、♥10、♣3、◆Q、♣7、♥2、◆8、
　　♠9、小鬼、♠5、♠K、大鬼和♥6等十五張牌在觀眾面前展
　　開，讓觀眾記住一張牌。

2、魔數師把七張提問紙條依序給觀眾看，詢問觀眾紙條上是否
　　有他記住的牌，並給觀眾一次說謊的特權。

3、觀眾給出答案後，魔數師必定可以說出觀眾哪一張說謊以及
　　所想的牌為何。

## 方法步驟

1、先設定提問紙條，於七張紙條上分別寫下八張牌：

(1) 第一張：♣3、♦4、小鬼、♥2、♠5、大鬼、♠9、♦8。

(2) 第二張：♥2、♥6、♥10、♣7、♣3、♣J、小鬼、大鬼。

(3) 第三張：♦4、♣7、♥6、♠K、♠5、小鬼、♦Q、大鬼。

(4) 第四張：大鬼、♣J、♦8、♦Q、♠K、♠9、♥10、小鬼。

(5) 第五張：♥6、♦8、大鬼、♠5、♣J、♥2、♦Q、♠A。

(6) 第六張：♥10、♣3、♦8、♠A、大鬼、♥6、♠K、♦4。

(7) 第七張：♣J、♠A、♠9、大鬼、♠K、♣7、♠5、♣3。

2、拿每張提問紙條詢問觀眾是否有他的牌時，必須將觀眾的答案紀錄成下表形式：

| 第一張 | 第二張 | 第三張 | 第四張 |
|--------|--------|--------|--------|
|        | 第五張 | 第六張 | 第七張 |

3、沒有謊言的狀況下，前四張的答案為『有』之次數必定是偶數，且後六張對齊的兩列之答案會互相對應，僅可能是上下列一致（第二張與第五張的答案相同、第三張與第六張的答案相同、第四張與第七張的答案相同）或是上下列相反（第二張與第五張的答

案相反、第三張與第六張的答案相反、第四張與第七張的答案相反）。下表為答案全是實話的紀錄範例：

(1)上下列一致：

| × | O | O | × |
|---|---|---|---|
|   | O | O | × |

(2)上下列相反：

| × | O | × | O |
|---|---|---|---|
|   | × | O | × |

4、觀眾說完七張的答案後，須觀察紀錄中的第一列有幾個『O』，若為偶數，則前四張的回答皆為實話，反之，則前四張的回答中已有一個為謊言，接著只要對應上下列的答案即可判斷觀眾在哪一張說謊。以下為範例：

(1) 若紀錄為：

| × | O | O | × |
|---|---|---|---|
|   | × | O | × |

因為第一列有兩個『O』，表示前四張的回答皆為實話，而第三張與第六張的答案相同、第四張與第七張的答案相同，只有第二張與第五張的答案相反，即可知觀眾在第五張說謊，且真實的紀錄應為：

| ✕ | ○ | ○ | ✕ |
|---|---|---|---|
|   | ○ | ○ | ✕ |

(2) 若紀錄為：

| ✕ | ○ | ○ | ○ |
|---|---|---|---|
|   | ✕ | ✕ | ○ |

因為第一列有三個『○』，表示前四張的回答中已有一個為謊言，而第二張與第五張的答案相反、第三張與第六張的答案相反，只有第四張與第七張的答案相同，即可知觀眾在第四張說謊，且真實的紀錄應為：

| ✕ | ○ | ○ | ✕ |
|---|---|---|---|
|   | ✕ | ✕ | ○ |

(3) 若紀錄為：

| ○ | ○ | ○ | ○ |
|---|---|---|---|
|   | ✕ | ✕ | ✕ |

因為第一列有四個『○』，表示前四張的回答皆為實話，而第二張與第五張的答案相反、第三張與第六張的答案相反、第四張與第七張的答案相反，即可知觀眾並沒有說謊，此紀錄已是真實紀錄。

5、七個紀錄位置分別代表著：

| 0 | 2 | 4 | 8 |
|---|---|---|---|
|   | 0 | 0 | 1 |

只要把觀眾回答『有』的位置之數字加總，即是觀眾記住的牌之點數，其中14代表小鬼、15代表大鬼。接著將點數除以4，餘數為1的花色是♠、餘數為的2花色是♥、餘數的為3花色是♣、整除的花色即是♦，因此便可得知觀眾的牌。以下為範例：

(1) 若真實紀錄為：

| ✗ | ○ | ○ | ✗ |
|---|---|---|---|
|   | ○ | ○ | ✗ |

因 $2 + 4 = 6$、$6 \div 4 = 1 \ldots 2$，則點數為6、花色為♥，所以觀眾的牌是♥6。

(2) 若真實紀錄為：

| ✗ | ○ | ○ | ✗ |
|---|---|---|---|
|   | ✗ | ✗ | ○ |

因 $2 + 4 + 1 = 7$、$7 \div 4 = 1 \ldots 3$，則點數為7、花色為♣，所以觀眾的牌是♣7。

(3) 若真實紀錄為：

| ○ | ○ | ○ | ○ |
|---|---|---|---|
|   | ✗ | ✗ | ✗ |

因 $2 + 4 + 8 = 14$，所以觀眾的牌是小鬼。

6、若能直接在心中記憶而不靠紙筆紀錄，此魔術的神奇程度將大幅提升。

## 數學原理

1940 年代晚期時,理察‧衛斯里‧漢明運用貝爾模型V(Bell Model V)電腦於貝爾實驗室(Bell Labs)工作,其輸入端是依靠打孔卡(Punched Card),難免會造成些許讀取錯誤。若是在工作日,當機器檢測到錯誤時,將會停止作業並閃燈,讓操作員能夠解決錯誤,但在沒有操作員的週末或下班時間,機器只會簡單的轉移到下一個工作。

讀卡機發生錯誤後,都得重新啟動程序,這樣的過程讓漢明很心煩,於是接下來的幾年,他為偵錯的問題開發了功能日益強大的偵錯演算法,終於在1950 年發表漢明碼(Hamming Code),時至今日它仍在修正錯誤記憶體(ECC memory)上顯示其應用價值。

漢明碼出現之前,人們使用過多種檢查錯誤的編碼方式,但沒有一個可以與漢明碼在相同空間消耗的情況下得到相同的效果。

漢明碼使用的是奇偶校驗,是一種添加一個『奇偶位』來指示先前的數據中包含奇數個或偶數個1的檢驗方式,若傳輸過程中有奇數個位元發生改變,錯誤將被檢測出來,且奇偶位本身也可能改變。假如數據中包含奇數個1,則奇偶位將被設定為1,反之,奇偶位將被設定為0,換言之,原始數據與奇偶位共同組成的新數據中,必包含偶數個1。

奇偶校驗並不總是有效,若數據中有偶數個位元發生變化,則奇偶位仍是正確的,便不能檢測出錯誤,即使奇偶校驗檢測出錯誤,也不能指出哪個位元出了錯,從而難以進行更正,必須把整個數據丟棄並重新傳輸。

以上的介紹內容皆取自維基百科，而本章所介紹的猜心魔術，即是以漢明碼為基礎所設計的。

舉例來說，若將$A$、$B$、$C$三集合所相交的每個區塊編號為$x_1$、$x_2$、$x_3$、$x_4$、$x_5$、$x_6$、$x_7$，假設想傳遞的數據為0011，把它寫進$x_1$、$x_2$、$x_3$、$x_4$後，為了讓每個圈內的1是偶數個，剩下的$x_5$、$x_6$、$x_7$將須分別寫入1、0、1，最後所傳遞的數據即會變成0011101。下圖為示意圖：

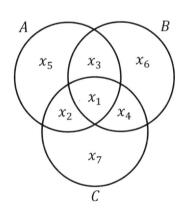
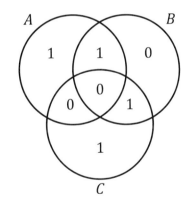

把運算定義於mod 2，此限制可寫成一組方程式：$\begin{cases} x_1 + x_2 + x_3 + x_5 = 0 \\ x_1 + x_3 + x_4 + x_6 = 0 \\ x_1 + x_2 + x_4 + x_7 = 0 \end{cases}$，

方程式的係數也可寫成一個矩陣：$\begin{pmatrix} 1 & 1 & 1 & 0 & 1 & 0 & 0 \\ 1 & 0 & 1 & 1 & 0 & 1 & 0 \\ 1 & 1 & 0 & 1 & 0 & 0 & 1 \end{pmatrix}$，將正確數據與矩

陣運算之答案必為$\begin{pmatrix} 0 \\ 0 \\ 0 \end{pmatrix}$，若數據中有一個位元出錯，答案即會是其

它形式，且只要看答案對應於矩陣之第幾行，便可知是哪個位元有誤。

編碼的模式並非唯一，以上述例子和編碼而言，若傳遞的數據是

0011101，則透過 $\begin{pmatrix} 1 1 1 0 1 0 0 \\ 1 0 1 1 0 1 0 \\ 1 1 0 1 0 0 1 \end{pmatrix} \begin{pmatrix} 0 \\ 0 \\ 1 \\ 1 \\ 1 \\ 0 \\ 1 \end{pmatrix} = \begin{pmatrix} 0 \\ 0 \\ 0 \end{pmatrix}$ 之結果即可表示數據

無誤。若傳遞的數據有一位元出錯而變成0011001，因為

$\begin{pmatrix} 1 1 1 0 1 0 0 \\ 1 0 1 1 0 1 0 \\ 1 1 0 1 0 0 1 \end{pmatrix} \begin{pmatrix} 0 \\ 0 \\ 1 \\ 1 \\ 0 \\ 0 \\ 1 \end{pmatrix} = \begin{pmatrix} 1 \\ 0 \\ 0 \end{pmatrix}$ ，而且 $\begin{pmatrix} 1 \\ 0 \\ 0 \end{pmatrix}$ 位於矩陣 $\begin{pmatrix} 1 1 1 0 1 0 0 \\ 1 0 1 1 0 1 0 \\ 1 1 0 1 0 0 1 \end{pmatrix}$

的第五行，則表示數據中第五個位元有誤。

基於這樣的校驗方式，只要將猜心魔術中使用的十五張牌先以二進位分組，再設定好七張提問紙條，並給予觀眾僅一次說謊的機會，便可簡易又快速的找出觀眾哪一張說謊以及所想的牌了。

下表為十五張牌之二進位分組：

| 點數 | 1 | 2 | 4 | 8 |
|------|---|---|---|---|
| 1 | ✓ | | | |
| 2 | | ✓ | | |
| 3 | ✓ | ✓ | | |
| 4 | | | ✓ | |
| 5 | ✓ | | ✓ | |
| 6 | | ✓ | ✓ | |
| 7 | ✓ | ✓ | ✓ | |
| 8 | | | | ✓ |
| 9 | ✓ | | | ✓ |
| 10 | | ✓ | | ✓ |
| 11 | ✓ | ✓ | | ✓ |
| 12 | | | ✓ | ✓ |
| 13 | ✓ | | ✓ | ✓ |
| 14 | | ✓ | ✓ | ✓ |
| 15 | ✓ | ✓ | ✓ | ✓ |

下圖為七張提問紙條之設定：

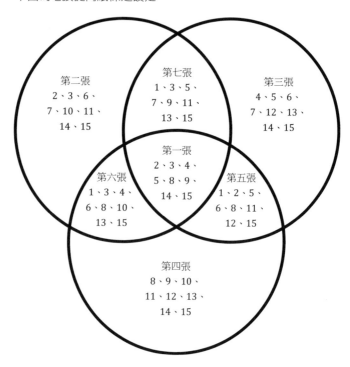

第二張
2、3、6、
7、10、11、
14、15

第七張
1、3、5、
7、9、11、
13、15

第三張
4、5、6、
7、12、13、
14、15

第一張
2、3、4、
5、8、9、
14、15

第六張
1、3、4、
6、8、10、
13、15

第五張
1、2、5、
6、8、11、
12、15

第四張
8、9、10、
11、12、13、
14、15

此形式的快速對稱辨識法為作者之個人創作，它有別於矩陣計算方式，不僅可以省下不少計算時間，更能在一瞬間判斷真偽，因此變魔術才得以高效率。

**小叮嚀**

亞洲動物基金會曾解救過一批黑熊，由於黑熊長期被囚禁，皆已臟器敗壞、四肢無力，據說大熊會為了不讓孩子痛苦而咬死小熊，接著更遭受不仁道的囚禁對待，連自殺機會都沒有。

其實熊膽並不是什麼神丹妙藥，它的藥用價值是被誇大的，熊膽對於人體之功效只是普通的清熱解毒，很多藥品都可以替代它，甚至療效更好。

本篇取『熊膽室』之名，希望能讓大家知道，沒有買賣、沒有傷害，人類應該更謙卑的尊重生命，在仁道及人道的立場對待世界萬物，停止不人道的傷害。

Part **8**

# 取義
# 曲意

最近莊穎聯合各信箱主頻頻出招，用各種方式斷鑫信箱來自各方的金源，並把抓到的不法之徒全送去了惡魔大樓，出手完全不手軟。

為對抗莊穎，鑫信箱的總召以『只准王神放火，不許大家點燈』當標語，透過地下網路大肆延攬各地詐騙集團，集結了各界勢力，讓他們的軍火武器、人員和公司規模都越來越有制度，再加上百欣之前曾提供情報和策略給鑫信箱，所以鑫信箱系統化的質量大幅提升，徹底影響了整個公司的結構。

目前鑫信箱的信箱主已高達47人，主導了各式惡行，包含跨國詐騙、暴力威脅、毒藥販售等令人痛惡的犯罪，人員又皆散落在各地，讓人難以掌握。

主導鑫信箱的是一位退休教授，因為他屬猴又熱愛搜集猴子相關物，大家就以『猴老』二字尊稱，不過討厭猴老的人，都認為他尖嘴猴腮的樣子才是稱為猴老的由來。

猴老的本名叫高期昕，是王神的同學，曾在窮困時向有錢的王神借錢創業，當時王神推薦猴老進入公司，

可是猴老不屑當員工，於是王神又安排猴老在大學任教，沒想到猴老非但不感謝，反倒一直懷恨在心，認為王神是看不起他，才害他沒機會發財、被女友拋棄。

猴老相當聰明狡猾，又懂得利用人性，他設計的詐騙千術堪稱絕頂，像是網路迴圈詐騙法就是他的創發。王神集團的每個公司企業都在明點，但猴老的鑫信箱卻在暗處，現在猴老一心只想報復王神，為了搞垮王神集團，猴老甚至準備傾盡整個公司的力量，若兩方在此刻直接交鋒，顯然對王神這方是比較不利的。

樹屋的生意越來越穩定，每個孩子都既幸福又快樂，但這間有莊穎坐鎮和維護的樹屋，無疑是猴老最注意的地方。莊穎自然不希望樹屋的任何人受到傷害，因此他做了一些策略性調整，主張先等王神回來，再由王神親自帶領大家去解決這個頭痛的問題，同時莊穎也透露出自己打算卸下總召一職，並準備出國渡假，好讓猴老不再針對樹屋。

莊穎這次渡假的規劃非常簡單，一個簡便的背包，一個人隻身前往非洲。

　　莊穎當兵時，恰好發生了一場大地震，身為特種化學士，莊穎白天要用輕型消毒器在災區消毒，晚上要將化學災害的沖洗設備搭建成人員沐浴架，只要一有空，莊穎便會去教小朋友讀書、變魔術，安慰他們受傷的心靈，這樣的付出對莊穎而言不是付出，孩子的一句謝謝和一個微笑，就是莊穎最大的人生價值。

　　其實莊穎很喜歡當志工，也特別愛和單純可愛的人相處，幫非洲的孩子上課時，沒有進度壓力，沒有聽不懂、學不會的問題，孩子們也非常喜歡莊穎的數學魔法，簡直把莊穎當成偶像般崇拜。孩子們的笑容是無需懷疑的，幸福感更是靈魂深處的滿足。

　　莊穎隔了兩個月回國後，他發現機場的檢疫工作變得很嚴格，且人人都戴著口罩，只有他一個人沒戴而略顯突兀，於是莊穎上網查了一下，才知道非洲傳出了一種高傳染度的變種病毒，還好目前本地沒有疫情，所以每個人都只需要自主管理。

　　突然，兩個戴著手套和口罩的檢疫人員叫住莊穎：「莊先生，請問您是不是剛從非洲回來這裡？」

莊穎：「是。」

檢疫人員：「那麻煩您先跟我們走一趟。」

莊穎並沒有發燒或任何生病的症狀，所以他認為即便是要更進一步檢測也不必擔心，便乖乖的跟著檢疫人員離開。

. . . . . . . . . . . . . . . . . . . . . . . . . . .

樹屋的大家都知道莊穎今天要回國，但卻遲遲等不到人，不禁開始緊張，七嘴八舌的討論該怎麼辦。

屋漏偏逢連夜雨，非洲病毒擴散傳染了，國際疫情蔓延的消息紛紛爆發，這次的變種病毒是高傳染度高致死率，完全打破原本高傳染度低致死率、低傳染度高致死率的平衡，政府已緊急公告即日起回國的旅客必須依照級別自主隔離或強迫隔離，而莊穎剛好是在臨界點回國，是否被感染的狀況仍然不明。

小書非常心慌，不只是擔心莊穎有無感染，他更擔憂的是，即便莊穎有意卸除總召職務，猴老也不打算放過莊穎，若猴老一直鎖定莊穎的行蹤，並在機場將人劫

走，那莊穎的下場恐怕會比感染病毒還慘。

. . . . . . . . . . . . . . . . . . . . . . . . .

　　狹小的密室內瀰漫著詭異又恐怖的氣氛，冷氣也強到令人窒息，三面牆全是純黑色，剩下一面是落地窗般大的鏡子。

　　被冷醒的莊穎，一邊咳嗽、一邊發抖、一邊從冷硬的瓷磚地板爬起來，他冷靜的觀望了四週後，摸了摸鏡子，並在鏡子旁發現一道可以通往廁所的小門，除此之外已沒有任何出口與通道。

　　莊穎很清楚自己一定是被關入鑫信箱惡名昭彰的黑牢裡了，過去不知道有過多少人在這裡被虐死，牆壁更是因為覆蓋了乾涸的血液才轉成黑色，所以莊穎沒有浪費時間求救跟大叫，也沒有浪費力氣做任何反抗。

　　寒冷的強風讓莊穎越咳越厲害，連喉嚨都隱隱刺痛，他難受的抱著背包，並從中摸出一件薄外套蓋住自己，再將整個人捲曲在牆角窩著，整間黑牢裡只有陣陣痛苦的咳嗽聲。

　　猴老原本打算要派人進去虐待莊穎，全部的鑫信箱主也都自告奮勇，可是一看到莊穎不斷咳嗽的模樣，所有人便立刻退縮了。

　　某鑫信箱主：「莊穎應該是染上病毒了吧？那我們乾脆不要管他，讓他自己痛苦到死好了！」

　　猴老怒罵：「你們這群智障！」

　　猴老的目標不是莊穎，如果莊穎沒命，猴老手上沒有談判籌碼，憤怒的王神絕對會讓猴老陪葬，所以猴老急了，他把大家罵了一頓，命人將冷氣關小一點，再為莊穎送去熱食，畢竟莊穎的命是要用來毀了王神，不是用來毀了自己。

　　眾鑫信箱主雖然乖乖的去執行命令，卻十分不解猴老為何憤怒，猴老看著他們不禁感嘆，完全不能接受自己帶著一群唯利是圖、欺善怕惡的烏合之眾，王神集團卻人才濟濟、一個比一個厲害。

　　猴老錄了一段視頻，並用莊穎的手機發給小書，訊息寫著：『只要王神獨自一人來我面前磕頭下跪，我可以無條件放了莊穎。』

這個要求看似無厘頭，卻是一步攻心的狠棋。如果王神置之不理，那以後將不會有人信服王神、為王神繼續出生入死；如果王神選擇直接殺了猴老、滅掉鑫信箱，勢必會驚動司法機關，是不智之舉，畢竟一些暗黑的私法行為是端不上檯面的。

王神最好的選擇就是照著猴老的要求，不過猴老抱持著玉石俱焚的想法，從頭到尾只想弄死王神一償宿願，所以這也不是個聰明的選擇。

• • • • • • • • • • • • • • • • • • • • • • • • •

樹屋裡，小書、勤詮和雪倫的面色都非常難看。

莊穎出國前夕，已任命小書擔任王神集團的代理總召，並讓勤詮輔助小書，莊穎不在的時間，小書把每件事都處理得很好，這次是小書首度一籌莫展。

小書：「老師一直都有教導我要如何思考下一步策略，但現在…」

雪倫大叫：「我不管了，快派出殺手部隊殺進去！」

勤詮板著臉：「不可以！殺進去不只集團會受到波及，莊穎更有被撕票的危險。」

雪倫哭著問：「不然要怎麼辦？莊穎他看起來…」

勤詮皺眉：「嗯…莊穎似乎已經染病了，所以當務之急是要和對方斡旋，先讓莊穎受到好的醫療照顧。」

小書：「我有以代理總召的身份回覆猴老說將會盡快通知王神了，也請他務必照顧好老師，接著該怎麼做，讓我再想想。」

雪倫低頭啜泣，小書跟勤詮則一起安撫雪倫，待雪倫稍微穩定心情後，小書獨自一人走到樹屋外。

其實小書的擔憂一點都不輸雪倫，但身為代理總召，他是不能表現出來的。

小書憂愁的嘆氣：「老師，真沒想到我最需要您指導我的事，居然是該怎麼救您的命…」

小書低頭看向手機，畫面上，猴老藉著莊穎手機所發給自己的訊息已被推移到第二則，而位於第一則的新

訊息寫著『不要輕舉妄動』，傳訊者是王芮，且兩則訊息的時間只差一分鐘。

小書默默祈禱：「姊姊…無論您們在做什麼，一定要平安回來啊…」

. . . . . . . . . . . . . . . . . . . . . . . . . .

莊穎越咳越厲害，完全沒有人敢進去黑牢送餐，而猴老唯一敢做的，也只是利用廣播大聲嚇醒莊穎並用言語刺激他，讓莊穎無法好好休息。

猴老：「小兄弟，您可是大名鼎鼎的總召大人耶！現在卻跟個爛泥一樣，真是名不符實啊！哈哈哈！」

莊穎：「對對對，您猴老最名如其人，非常符合。」

莊穎這話讓旁人忍不住噗疵一笑，猴老瞬間翻臉，立刻掏出手槍將一名笑的人當場爆頭，嚇得所有人連呼吸都小心翼翼，深怕一有聲音便激怒猴老。

莊穎敲了敲鏡子：「有人掛了喔？真希望拿掉這鏡子，讓我也能看看你們。」

　　某鑫信箱主嚼著檳榔問：「靠，你怎麼知道我們可以從這個鏡子看到你的？」

　　莊穎大笑，卻又咳了好幾聲後才有辦法回說：「你是笨蛋嗎？用手摸一下鏡子，看到自己的指甲與鏡中倒影的指甲沒有間隙，就知道是雙向鏡了，而且整個房間又沒有出入口，每次食物都在我睡覺時出現在鏡子旁，想也知道是鏡子可以移動啊，如果我想逃跑，只要找硬物打破鏡子即可。」

　　猴老冷笑：「哼！你現在這模樣，真以為自己逃得出去？」

　　莊穎苦笑：「我不會跑，但你找個醫生來幫我治療好不好？我可不希望傳染給你們，你們不也很怕嗎？」

　　猴老：「誰說我們怕了？而且你應該巴不得傳染給我們吧？」

　　莊穎邊笑邊咳：「你們趁我睡著才敢放食物，就表示沒人敢接近我，我猜連送餐都是用輪流或抽籤的，畢竟不會有人願意負責這爛差事。反過來看看我，我如果有吃剩的廚餘都會先整理好、包好，這麼做是為了大幅

降低你們的感染率。你們收走廚餘後，記得要當醫療廢棄物以專業的方式處理或是燒掉，千萬別亂丟喔，我是真的比猴老還關心各位，不想要你們生病，啾咪。」

　　鑫信箱主們忍不住七嘴八舌的議論起來，猴老生氣的大吼：「你們這群腦震盪的豬，別被他耍著玩，他只是在擾亂你們的心，這時候還不懂得團結一致去對付王神集團，瞎起鬨什麼勁啊！」

　　莊穎咳個不停，卻也繼續說：「你們沒有防疫常識已經很慘了，還怕我這病人怕得要死，連送餐都推三阻四，到底有沒有膽子？要不這樣，一群人一起盯著我咳嗽應該很無聊，讓猴老出個題目考考大家如何？答對的可以免送餐，讓答錯的輪流負責，這樣很公平吧？猴老記得要出智力測驗喔，很多人是沒唸書才來詐騙集團的，如果出要啃書的問題會有失公平性。」

　　猴老冷嘲熱諷：「你是不是活膩了？叫我出考題，是想要我們、看我們笑話嗎？既然你那麼無聊，那一起玩吧？不過如果反而是你答不出來怎麼辦？」

　　莊穎無所謂的笑了笑：「好啊，如果我答錯，可以

罰我不吃飯，不過猴老您可是高教授，這麼不可一世的人，可別作弊、洩題賴皮啊。」

猴老想了想後說道：「大家聽好，我有五袋金幣，每袋裝著二十枚，其中真金幣每枚重10克、假金幣每枚重9克。若已知五袋中有一袋全裝著假金幣，其餘的四袋皆裝著真金幣，現在給你一台磅秤，請問最少要秤幾次才能找到裝著假金幣的那一袋？」

廣播傳出來的聲音開始此起彼落，莊穎仔細的聆聽，他估計鑫信箱的所有信箱主和助理應該全在外面，且剛剛被爆頭的只是助理等級，畢竟若殺了信箱主，猴老應會一起槍斃助理，或立刻讓助理升官，這才是正常的心理和人性。

眾人的回答裡，有人說五次、四次，還有人表示可以直接用手秤重憑感覺找到，根本沒有智商回答問題，只是來鬧的。接著有人自信滿滿的說三次，還大言不慚的表示自己很聰明，緊跟著又有五個人搶著回答兩次，而整個吵鬧的過程，莊穎已經咳到眼冒金星，並窩回角落躺著。

莊穎咳完後大聲說：「只要一次啦！」

現場瞬間鴉雀無聲，因為根本沒有人說這個答案。

莊穎：「這題和猴老的名字有點淵源呢，如果把高期昕三字中的日月拿掉，會變成『高其斤』，也就是大名鼎鼎的數學家，可見家人對猴老寄予厚望，希望你能成為明日高斯。

找假金幣的方法需要利用高斯著名的小故事——等差級數計算法，你們可別抗議說這是超級數學題，人家高斯是九歲時想到的，五袋金幣數量也不大，可以慢慢推理，而且這種題目在金田一漫畫裡出現過，可惜你們不讀書又不看漫畫，難怪腦子那麼不好，通通願賭服輸吧，全都去排隊準備送餐囉。」

某鑫信箱主不服輸的大叫：「你說半天又沒有解釋答案！說不定你只是瞎矇的！」

猴老整張臉都黑了，差點想再爆頭這個人，莊穎則是笑著咳了好幾分鐘，才緩慢的解釋：「把袋子編號，用等差方式拿取，一號袋拿一枚、二號袋拿兩枚、三號袋拿三枚、四號袋拿四枚、五號袋拿五枚，總共十五枚

金幣一起秤重理應要有150克，只要看缺了幾克，便可以推算哪一袋裝著假金幣。」

本想虐莊穎，卻反倒被消遣了一番，所以猴老更不願幫莊穎找醫生了，打算讓莊穎的病情繼續惡化再把他丟出去，畢竟對抗病毒要靠免疫力，只要人沒死在猴老手上，莊穎就是自己找碴、活該去死，王神也不能找猴老算帳。

莊穎把頭埋在背包裡睡，想避免被廣播嚇醒，但效果不彰，睡了一會折磨又來了。

莊穎一醒來又繼續咳嗽：「要吃飯了嗎？吃笨蛋送的飯菜會不會變笨啊？哈哈。」

猴老：「你不見棺材不掉淚啊？現在因為疫情死亡的有一百三十六人了，我看你能神氣多久。」

莊穎：「不找醫生就算了，好歹餵飽我，讓我繼續和病毒對抗，你還可以開個賭盤，賭我能不能戰勝病毒咧。」

猴老：「哼，想吃飯就回答我的題目吧。我有五袋

金幣，每袋裝著二十枚，其中真金幣每枚重10克、假金幣每枚重9克。若不知道五袋中哪幾袋全裝著假金幣、哪幾袋皆裝著真金幣，現在給你一台磅秤，請問最少要秤幾次才能找到裝著假金幣的是哪幾袋？」

大家再次七嘴八舌的讓天馬行空答案漫天飛舞，但這次終於有人回答『一次』。

莊穎讚嘆：「哇，有人答對了耶！聽這聲音一定是個美女，一次沒錯，妳可以說說理由嗎？」

答對的人叫做周玉，是猴老的王牌美女律師，也是個信箱主。

周玉：「一樣把袋子編號，但改成用二進位的方式拿取，一號袋拿一枚、二號袋拿兩枚、三號袋拿四枚、四號袋拿八枚、五號袋拿十六枚，總共三十一枚金幣一起秤重理應要有310克，只要看缺了幾克，便可以推算哪幾袋裝著假金幣。

如果當過奧數比賽的選手，都一定訓練過這類的資優題，沒什麼好說嘴的，你別太囂張，對猴老尊敬一

點，如果不是他說要讓你活下來，我們其他人早就殺掉你了！」

莊穎：「呵呵，妳錯了，騙術犯罪的最高境界是全身而退，如果我死了，王神的報復可不會只針對猴老，你們全都要陪葬，除非你們都想死，否則妳應該反過來求我務必活著。

其實你們何必為了一個將死之人的私人恩怨犧牲生命呢？你們憎恨我，多半是因為壞事被我破壞，不過你們永遠只看到別人對你們的傷害，卻從未想過你們傷害了人，這種自以為的菁英傲慢思維，根本是阻礙社會公平正義的絆腳石。

我的命只有一條，如果你們想要，歡迎自取，反正你們也活不久了，居然沒有任何防疫觀念就把我抓進來，算算你們關我的時間，從我發病開始，你們的潛伏期也差不多到了，今天是不是很多人咳嗽了啊？你們等著跟我一樣痛苦吧。」

莊穎這番言論著實讓所有人感到不安了，眾人的交談聲越來越大、咳嗽聲越來越頻繁，有病癥的人原本還

害怕被隔離而隱匿不語，現在全忍不住表示要外出看醫生，未發病的則都默默戴上口罩，並打算找理由離開。

　　此時，莊穎站了起來，他從背包裡拿出乾淨的衣物換上後，又拿出髮膠開始抹頭髮，還對著鏡子邊刮鬍子邊說道：「猴老，換我考考你們，我有五袋金幣，每袋裝著十五枚，其中真金幣每枚重10克、假金幣每枚重9克。若不知道五袋中哪幾袋全裝著假金幣、哪幾袋皆裝著真金幣，現在給你一台磅秤，請問最少要秤幾次才能找到裝著假金幣的是哪幾袋？各位好好想想，如果有人答對，我會優待一條生路的。」

　　莊穎突然的舉動頓時讓大家很傻眼，除了面面相覷以外，根本沒人有心理會題目。

　　眾人還搞不清楚到底發生了什麼事，大批穿著隔離衣的警察和檢疫人員就突然出現，並將所有人全帶走了。

・・・・・・・・・・・・・・・・・・・・・

　　眾多醫院中，只有王神集團的醫院提供病房給感染者和需隔離之檢疫人員，莊穎被帶到其中一間病房後，

笑著對房內的人說：「好久不見，口罩都遮不住妳美麗的臉欸，辛苦妳了，妳果然是學霸。」

王芮對莊穎翻了白眼：「下次這種安排請別人去好嗎？要做研究、拿學位，還要加入世界防疫組織，累死我了！」

莊穎笑笑說道：「謝謝妳的疫苗和病毒，這一戰很漂亮！」

王芮：「我現在是被派來幫亞洲區國家防疫的專家，相關疫苗和特效藥在研發團隊的努力之下已量產，但實際使用需要一連串繁瑣的行政申請及實驗報告，所以暫不對外公開，目前只在我們醫院幫病人施打，因此病毒在醫院裡致死率是零。我也聯絡好王神集團下的藥廠了，藥廠會將疫苗和治療藥物包裝成一般用藥，相信很快就能抑制這病毒繼續傳染。」

小瑩和小加在新聞上強力報導著『詐騙犯罪暴力集團集體感染』，所有觀眾都不斷咒罵那些人，希望他們最好直接因病離開世界。

阿減發明了單人負壓室，乘乘（【魔數術學】中的網紅）利用直播大力幫忙推銷，除爸啟動全部的工廠線生產口罩和負壓室，更在樹屋旁的大空地上建了組合屋和負壓室，提供沒有醫療輔助的民眾進行隔離及治療，疫情沒過多久便控制住了。

　　幾日後，莊穎領著王神集團的眾信箱主及武裝組出現在鑫信箱所有人面前。

　　莊穎：「我可是絞盡腦汁才佈下這個一年的大局，終於把你們一網打盡了，以現在的狀況，即便你們直接病死也是合情合理，但我沒打算這麼做，畢竟過去曾被你們逼迫自殺、陷害死亡的人，他們都沒能力得到公道，今天我們就一條一條清算吧。

　　暴力犯罪使人致殘者，會分派到器官庫，提供善良之人做器官移植手術和醫學實驗；走私人口、逼良為娼、販賣毒品的，會送進惡魔大樓；殺過人的，直接丟到熊膽室。」

　　莊穎依據調查紀錄，將每個人點名分組，最後只留下周玉一個人，但在武裝組準備把已指派地點的眾人架

走時，猴老突然大力的掙扎且直呼：「我知道答案是一次啊！不是會優待我一條生路嗎？」

莊穎：「你真是個厚顏無恥的老禿驢欸，哪邊有好處就往哪邊鑽。

這世上有三種人絕對不能當朋友，第一種是不孝的人，你父母對你有厚望，你看看你都幹了什麼？第二種是不守諾的人，你答應過王神要好好教書、好好培育人才，當大學教授其實很風光，你卻整天只想發大財、想報復王神，是不是有病啊？第三種是不知感恩的人，要不是王神處處幫你，你早就餓死了，王神明明對你有恩，你卻只會嫉妒，可以成熟點嗎？

最可怕的不是壞人，而是有讀書但沒良心的壞人。當年你拿著論文要王神投資你的系統，你知道你的系統會為世界帶來災難嗎？姑且不論你設計的機器到底能否打開時空大門，以人類現今的科技和認知能接受嗎？你以為真的有復仇者聯盟啊？搞那種東西，要是發生全球性核災或造成無法應付的巨變怎麼辦？你不是沒天份，但人品有問題，所以王神讓你當教授，是希望你修身養性專研科學，王神一直都在觀察你、保護你，限制你也

只是怕你出亂子傷害自己，你卻覺得他是監視你、打壓你，根本是人格扭曲了。」

猴老苦苦哀求：「拜託啦！你剛剛說要守諾，所以你也要說到做到啊！」

莊穎：「我罵你都罵到口渴了，你還不死心？好吧，給你個機會，最近裝病裝到喉嚨都快壞了，換你說，解釋一下為什麼一次就可以？」

猴老趕緊說道：「每袋只有十五枚金幣，假設我一號袋拿15枚、二號袋拿14枚、三號袋拿13枚，此時這三個數可以組合出13、14、15、13 + 14 = 27、13 + 15 = 28、14 + 15 = 29、13 + 14 + 15 = 42。

接著，四號袋拿的量要避免重複，如果拿12枚，12 + 15 = 13 + 14 = 27就會造成無法判斷，所以四號袋要拿11枚，這樣可以多組合出11、11 + 13 = 24、11 + 14 = 25、11 + 15 = 26、11 + 13 + 14 = 38、11 + 13 + 15 = 39、11 + 14 + 15 = 40、11 + 13 + 14 + 15 =53，且全都沒重複。

　　再來，五號袋要拿8枚，因為 $8 + 15 = 23$ 會避開24，$8 + 11 = 19$ 也避開了15，此時這五個數無論任幾個相加皆不重複，就可以一樣藉由缺了幾克推算哪幾袋裝著假金幣了。【逆轉騙數】裡的心路懸命即是類似的思考，我有你的書耶！可以放了我吧？」

　　莊穎翻了白眼：「原來有讀書但沒良心的壞人不是最可怕，你這種有讀書但沒良心又不要臉的壞人更可怕！我更不想讓你活下去了，但既然你有答對…這樣吧，你本來要去熊膽室，看在你這麼聰明的份上，改去惡魔大樓跟其他人一起鬥智一下怎麼樣？」

　　猴老尖叫：「我不要！不是說生路嗎？」

　　莊穎：「只要沒逼你去死都是生路齁，已經讓你從熊膽室變成惡魔大樓了，居然還不知足，好啦，我認真給你一條生路，只要你贏了，我直接放你走，連惡魔大樓都不用去，可是如果你輸了，你必須回去熊膽室，要不要賭？」

　　猴老：「好好好，有機會能走我都要！」

莊穎拿出了一個圓形籌碼和六張撲克牌，籌碼一半是黑色、一半是紅色，牌分別是方塊10、梅花7、紅心9、黑桃6、梅花A、紅心4，他將六張牌簡單洗牌後分成兩堆。

莊穎兩手各拿了一張牌面朝下的牌：「第一張，要不要左右交換？」

猴老：「不要。」

莊穎將兩張牌放置到桌上，接著再用雙手各拿一張：「第二張，要不要左右交換？我勸你換喔，如果結果跟我的預言一樣，你就要回去熊膽室了。」

猴老：「好，我要換。」

莊穎雙手交叉，將右手的第二張放到左邊第一張的上方、左手的第二張放到右邊第一張的上方，然後雙手再分別拿起第三張：「這張要不要交換？」

猴老：「不換。」

莊穎直接把右手的第三張放到右邊那堆、左手的第

三張放到左邊那堆，並順勢打開了兩堆牌，左邊三張是方塊10、紅心9、紅心4，右邊三張則是梅花7、黑桃6、梅花A。

莊穎邊把玩著籌碼邊冷冷的說：「左邊全是紅色、右邊全是黑色，教授，算一下機率是多少？」

猴老：「八分之一，不，是四分之一，我有看過書，這是候應預言。」

莊穎：「知道是四分之一還不錯嘛，可惜你連四分之三的勝率都輸了，帶走吧。」

莊穎揮了揮手示意武裝組帶走猴老，不再理會猴老的鬼吼鬼叫，他相信…猴老再也不會回來了。

最後莊穎轉向周玉說道：「我查過妳的紀錄了，妳沒傷害過無辜的人，雖然妳選擇當鑫信箱的信箱主是助紂為虐，可是妳走錯的這步路，是不是因為妳誤會了什麼？」

周玉冷笑：「誤會？難道你是要告訴我，我哥被你們殺了是個誤會？」

莊穎皺眉：「妳哥過去在集團負責的是器官買賣，我知道他當時唯一奮鬥的目標，是要找到與妳相符的心臟，可是紀錄只是顯示他因為違反公司規定而遭革職，我們並沒有殺他啊，妳為什麼把這種罪名加在我們身上？」

周玉勃然大怒：「少在那邊道貌岸然的樣子！一定是我哥在找合適我的心臟時做了什麼踰矩的事情，所以你們就殺害了他，如果他還活著，不可能會音訊全無！要是今天缺心臟的是王芮，你還能冠冕堂皇嗎？」

莊穎沈默了幾秒後，緩慢說道：「妳哥違反的規定，是把自己當活體。」

周玉愣了愣，有點疑惑的問：「活體？什麼意思？」

莊穎：「周石是集團中極具權威的外科醫師之一，一直以來他都非常優秀，但因為妳的血型特殊，心臟又是嚴重缺貨的器官，他遲遲找不到合適妳的心臟，這樣的壓力讓他患了恐慌症，每次開刀，他的手都會不由自主發抖，根本無法為病人動手術，他知道自己的醫生生

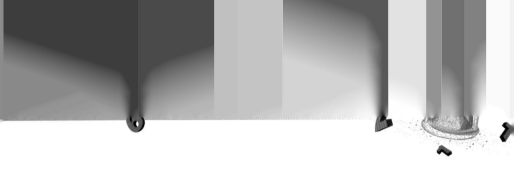

涯完了，於是他為自己注射藥劑讓自己死亡，並委託好友將他的心臟移植給妳，更叮囑所有知情的人不要告訴妳這個秘密。」

周玉瞪大了眼，不可置信的將手貼到胸口，熱淚不自覺的滾滾滑落。

莊穎：「我怕妳繼續走偏，所以只好告訴妳真相，在妳充滿仇恨時，妳的心是不是會隱隱作痛？那是周石對妳的呼喊與擔憂，希望妳能用妳哥的愛心，好好貢獻這個社會，把妳哥哥的精神傳承下去。」

周玉頓時泣不成聲：「原來…我一直都…做錯了…哥…為什麼你要這樣…嗚…對不起…」

莊穎拍了拍周玉的肩膀，也偷偷拭淚說：「一切並不晚，妳也別氣惱妳哥的決定，畢竟他是最愛妳的哥哥啊，如果今天缺心臟的是王芮，我會和你哥做一樣的決定。」

周玉跪倒在地上，因思念哥哥而日夜未停的淚水，此時徹底的潰堤…

　　飯店的宴會廳裡，參加慶功宴的人皆面帶笑容、滿心喜悅，小書拉著鈴可吃美食、四處打招呼，連百欣和宏傑也回國出席了。

　　莊穎和王芮一起踏入宴會廳時，現場立刻爆出如雷般響亮的掌聲。

　　莊穎舉起酒杯：「各位辛苦了，敬我們漂亮的勝利，乾杯！」

　　所有人全都一起高舉酒杯歡呼，共同慶祝一舉殲滅鑫信箱。莊穎喝完手中的酒後，將杯子改裝滿柳橙汁，接著一一去和每位信箱主表達謝意，幾位較感性的信箱主還感動到哭了出來，惹得莊穎跟著眼眶濕熱。王芮也到處去和朋友聊天，百欣更主動擁抱了王芮，並在王芮耳邊輕輕的說了句『謝謝姊姊』。

　　慶功宴進行到一半時，莊穎對眾人說：「今日有件事要宣布，我已正式卸下總召一職，即日起總召將由太子殿下小書擔任，希望未來大家繼續配合王總召的帶領，一起向前邁進。」

小書不愧是王神的孩子、莊穎的學生，這麼突然的安排雖然讓他感到驚訝，但小書的氣勢仍沈穩堅定，玉樹臨風的神情舉止就像忽然間長大一樣，頗有當年王神的瀟灑。

　　大家在祝賀小書時，王芮也拿出一份由王神親簽的人事命令，宣布莊穎即日起榮任集團執行長，害得莊穎差點把嘴裡的柳橙汁噴出來，但莊穎當然沒有表露出任何不安，只是慎重的收下聘書，並謙虛的致詞道謝。

　　莊穎安排小書此時即位，是因為最大的敵人已除去，小書可以安全接任，而不搞排場，僅以師徒交棒的方式，特意在慶功宴的輕鬆氛圍中公布，也是為了減輕空降太子主管可能會引發的不悅情緒，可是莊穎臨時被任命當執行長就沒那麼簡單了。

　　莊穎偷偷對王芮抱怨：「這麼重要的事情怎麼現在才說…」

　　王芮俏皮的眨眨眼：「沒辦法，這是王神準備給你的驚喜，我當然要幫忙保密囉。」

莊穎聽了，只能感慨王神真不愧是聰明無比、老謀深算，畢竟執行長的位置將來一定也會傳給小書，但現在公布莊穎榮任執行長的消息，眾人的焦點會全轉到莊穎身上，小書接任總召的事就會被弱化，資深的同仁便不會特別在意小書。

此起彼落的恭喜聲中，莊穎不斷忙著回敬每位祝賀者，人群也漸漸集中到莊穎四周，其中離莊穎較近的一位信箱主終於忍不住開口問道：「執行長，可以請教您這次的一切是怎麼安排的嗎？」

其實大家都非常好奇莊穎的佈局，無不期待的看向莊穎，莊穎笑了笑，當他準備要開口說明時卻突然愣住，因為莊穎瞥見了兩個年輕人，其外貌與王神和仙姿極度相似。

雖然只是一瞬間的畫面，但莊穎想起了王芮的醫學研究報告，頓時感受到危機正在醞釀，一股莫名的不安與恐怖感，悄悄的湧上了心頭。

莊穎想去確認剛剛看到的人事物，於是他拉了王芮的手說：「這次的大功臣不是我，是我們美麗的王董事長，就有請她說明囉！」

　　王芮看出了莊穎的意圖，便勾住莊穎的手臂說：「哪是，執行長您才是策劃整個局的人，我也是聽命行事而已，還是您說吧！」

　　眼見無法順利脫身，莊穎只好親自解釋：「非洲兩個多月前就已經傳出小疫情了，因為落後國家的疫情控制嚴謹度不足，我那時便推算兩個月後必定會大規模感染，所以我派王芮進入國際醫學體系，更打算藉著疫情擊垮鑫信箱。

　　鑫信箱四散在各處，要一舉殲滅他們很不容易，好在，我多次斷他們金源的行為有徹底惹火他們，於是我安排自己當誘餌，刻意先跑出國，並在疫情爆發的臨界點前回來，他們一定會趁我回國時綁架我。當然，時間點可以抓得那麼準，也要歸功於政府機關的重要官員幾乎都是自家人，拜託他們等我入境再宣布國際疫情及強制隔離的消息並非難事，而一旦國際疫情爆發，看我咳成那樣，鑫信箱的人絕對不敢接近我，既可以讓我保護好自己，也能讓他們掉入被感染的陷阱。」

　　提問的信箱主讚嘆：「真不愧是執行長！您總是想的長遠又周到，不過既然您早就有了疫苗並沒有被感

染，鑫信箱的人為什麼有症狀呢？」

莊穎從懷中掏出幾個小膠囊說：「這是小感冒的病毒，我每餐吃完飯都會把它黏在餐具上，如果他們有觸碰到，三到四天就會出現被病毒感染的病徵，不過其實只是上呼吸道感染，對身體並沒有太大的影響，但夠他們緊張了。

刻意讓他們以為被感染的原因有二，第一是給警察和防疫人員合理的理由帶走他們，第二則是逼他們為了活命而乖乖跟著防疫人員去醫院治療，如此一來，就能成功把他們一網打盡，並任憑我們處置了。」

另一位信箱主又問：「不過執行長處置猴老時有多給他一次機會，如果猴老沒被您預言成功怎麼辦？」

莊穎：「大家不是都知道機率在我手上只有1了嗎？好，你來試試，我和你玩一次。」

莊穎以一模一樣的步驟操作了一次，最後左邊三張是方塊10、黑桃6、紅心4，右邊三張則是梅花7、紅心9、梅花A。正當大家以為莊穎預言失敗時，莊穎將籌碼翻面了，籌碼的背面寫著兩個數字，分別是20和17，眾

人頓時皆恍然大悟，原來猴老根本被玩弄於股掌之間。

　　小書有點無奈的表示：「老師，雖然您的計畫一向都非常精準，可是這次真的太危險了，先不說被綁架的事，萬一您出國真的感染了病毒怎麼辦？」

　　莊穎喝了口柳橙汁，笑笑的說：「放心啦，你忘了有王牌王芮了嗎？我一直都相信憑藉她的智慧和集團權勢，集團的醫學研發團隊要加入國際防疫體系，絕對是輕而易舉的，所以就算我真的染病，王芮也會把我醫好啊！

　　小書，這次也辛苦你了，因為佈局太大，所以我沒辦法告訴你太多細節，但你沈穩的把事情都處理好，還幫我照顧大家，謝謝你，也抱歉讓你擔心了。」

　　莊穎很是欣慰，他摸了摸小書的頭，小書露出了開心的笑容，但王芮倒是斜眼瞄向莊穎。

　　王芮：「這麼說來，原來我拼了命的去成為防疫專家，其實只是為了可能需要被醫治的你嗎？」

　　莊穎哭笑不得：「當然不是，我是那種人嗎？這次

的疫情危機，如果沒有妳的付出，會嚴重到什麼程度我連想都不敢想，我們本來就不該只是懲奸除惡，更要造福人群、回饋社會，所以我藉由疫情殲滅鑫信箱只是其次，妳才是真正的大功臣。」

現場再次響起掌聲和歡呼聲，信箱主們將繼續秉持俠盜精神，並學習時時保持溫暖的心。私刑正義力量也許不被認同，但它依然需要存在於世上，讓善良的人們感到幸福。

• • • • • • • • • • • • • • • • • • • • • • • • • •

疫情過後，樹屋恢復成往日的恬靜優雅。

樹屋裡的每個人都認為自己很富有，可以自食其力、三餐溫飽，是物質上的富有，擁有彼此互相扶持的大家庭，是心靈上的富有，只要看著孩子們，莊穎就會覺得非常滿足，在莊穎心中，樹屋無疑是全世界最美麗的地方。

小書最近忙著準備與鈴可的婚事，除此之外，芬婷和士豪的好事也近了。

　　芬婷是個很細膩的女孩，士豪總是護著她，深怕芬婷辛苦或委屈，常常會逗她開心。小時候，芬婷曾因為好奇而玩火，差點釀成大火災，當莊穎拿著籐條追究起因時，士豪為了保護芬婷，就嬉皮笑臉的『自首』，於是士豪被莊穎打了一頓，讓芬婷難受到嚎啕大哭，士豪只好騙她不會痛，結果被修理得更慘。

　　莊穎看著孩子們長大，所有的往事皆歷歷在目，心中雖無限不捨卻也無限安慰，更祝福新人有美好的未來。

　　莊穎：「士豪啊，你求婚了嗎？人家芬婷有要答應你嗎？」

　　士豪：「她敢跟我分手，我立馬用我一生的能量飛奔去找前女友。」

　　士豪的話讓大家當場傻眼，雪倫怕芬婷會生氣，正想打圓場時，芬婷已經垮下臉說：「哼，那現在就分手啊，你去找你前女友啦！」

　　士豪拉起芬婷的手：「親愛的，妳和我分手了，那妳就是那個我用生命也要追回來的前女友啊！」

士豪的神轉折逗得大家哈哈大笑，芬婷嬌羞的打了士豪，士豪則把芬婷擁入懷中。

雪倫瞪了莊穎一眼：「這是學誰的啊，上樑下樑都很歪。」

小書趕緊澄清：「我可沒學這些東西喔，如果鈴可要和我分手，我就一輩子不嫁！」

小書再度惹來一陣哄堂大笑，莊穎還對小書比了讚。

雪倫：「一個個都像你們那個歪歪的老師啦！」

莊穎：「欸，我算是潛力股，當年你們師母很討厭我的個性，但受不了我的帥，還好我最大的優點就是會改正自己的缺點，可是我有個小小的問題。」

鈴可：「什麼問題呀？」

莊穎：「我的問題是我沒有缺點。」

此話一出，雪倫的白眼都翻到外太空了，整間樹屋充滿笑聲。

　　歪歪的莊穎十分慶幸，這輩子，可以成為一個給人幸福的…

　　魔數老師。

## 解密：義取・意曲

樹屋小語

做得到與做不到，不是差一個字，是差在一念
之間。

### 『數』屋魔術

用六張牌、十元硬幣、紅色與黑色油漆筆做神奇的預言魔術。

#### 效果步驟

1、魔數師將預言硬幣正面朝上放於桌面，並取出 ◆10、♠
6、♥4、♣7、♥9、♣A共六張牌，分成 ◆10、♠6、♥4
和♣7、♥9、♣A兩組，依此序疊成左右兩疊且牌面朝下
放置。

2、魔數師左右手各拿起兩疊最上方的牌詢問觀眾是否要左
右交換，根據觀眾的選擇擺放於觀眾左右方，一共詢問三
次，形成新的兩疊牌。

3、請觀眾打開兩疊牌，無論觀眾過程如何交換，魔數師的預
言必定命中。

### 方法步驟

1、先設定硬幣上的預言,以紅色與黑色油漆筆將十元硬幣正面塗成
一半黑色、一半紅色,並在反面寫上20和17兩個數字。下圖為示意
圖:

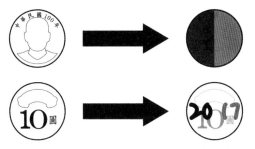

2、每次詢問觀眾是否要左右交換時,若觀眾選擇不換,則將牌直接
放到觀眾的左右兩邊,若觀眾選擇換,便將雙手交叉,把右手的
牌放到左方、左手的牌放到右方。

3、不分左右的狀況下,兩疊牌最後的結果共有四種:

(1)

(2)

(3)

(4)

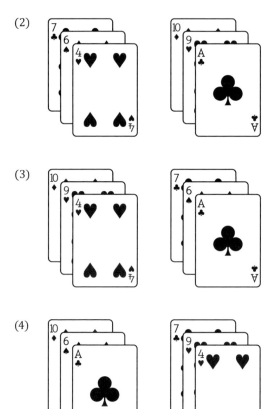

4、上述四種結果當中，只有第三種是紅黑分離，此時可以用正面硬幣當預言說道：「我已經預言左右兩邊的顏色會分別是紅色和黑色了。」若結果是其餘三種，因為兩邊加總的總和皆是20和17，則將硬幣翻面，改用反面硬幣當預言說道：「我已經預言左右兩邊的總和會分別是20和17了。」

5、這是候應預言的設定，但觀眾只看一次是無法參透魔術技巧的，切記不要對同一位觀眾重複進行此種魔術表演。

## 數學原理

假設有三組數字，每組相差皆相等，可以將它們寫成$x$、$x+d$、$y$、$y+d$、$z$、$z+d$。如果讓$x$對應$x+d$、$y+d$對應$y$、$z$對應$z+d$，分成$x$、$y+d$、$z$和$x+d$、$y$、$z+d$兩組，則每組數字隨意交換後，組合型態及總和僅可能為以下四種：

❶ $x$、$y+d$、$z$和$x+d$、$y$、$z+d$，總和分別是$x+y+z+d$、$x+y+z+2d$。

❷ $x+d$、$y+d$、$z$和$x$、$y$、$z+d$，總和分別是$x+y+z+2d$和$x+y+z+d$。

❸ $x$、$y$、$z$和$x+d$、$y+d$、$z+d$，總和分別是$x+y+z$和$x+y+z+3d$。

❹ $x$、$y+d$、$z+d$和$x+d$、$y$、$z$，總和分別是$x+y+z+2d$和$x+y+z+d$。

雖然每次皆有兩種選擇，理應共有$2^3 = 8$種情形，但不考慮左右的方向性則只剩下四種情形，其中有三種型態的數字總和會分別是$x + y + z + d$和$x + y + z + 2d$，機率高達$\frac{3}{4}$，唯一不同結果的那一種狀況，則可改藉由撲克牌顏色形成紅黑分離，因此最初的兩疊牌可以安排成$x$（黑）、$y + d$（紅）、$z$（黑）和$x + d$（紅）、$y$（黑）、$z + d$（紅），本章魔術所使用的牌即是設定$x = 1$、$y = 6$、$z = 7$、$d = 3$。

新鮮感是正常的情緒渴求，像是新的餐廳或是景點都會有很多人去朝聖，唸書也一樣，保持好奇心是好的，魔數有趣可能是讀者會喜歡這本書的理由，但是背後的數學原理與探究更是可貴。期待讀者皆能獨立思考、用心思索與探究，不論是魔數或是魔術上，皆能有所獲得。

謝謝各位讀者一起享受這一小段魔數的旅程，此時不是句號，只是下一個故事的起點。

# 後序

　　慶功宴上瞥見了兩個神似王神和仙姿的年輕人，這事一直讓莊穎耿耿於懷，王芮似乎還和他們交談過，但王芮卻敷衍莊穎的提問，只輕描淡寫帶過，莊穎不免感覺到一股不安，似乎有什麼事要發生了…

　　那位年輕男子看起來比小書還小，氣勢及態度明顯經過刻意隱藏，身旁的年輕美女又像極了仙姿，但怎麼可能呢？這不是凍齡可以比擬的，即使是電影明星也沒有那種逆齡的能力，根本是時空倒流，如果真的是王神和仙姿…到底王神還有什麼秘密瞞著大家？

　　科技日新月異，人類對地球的破壞、各國武力的醜陋貪婪皆與日俱增，想維護世界正義的人，是否必須要有外星人般的科技和特異功能？未來許願信箱是否會繼續懲奸除惡、施展精彩的連環計，讓壞人得到報應？下一部故事，除了數學、魔術、感動與歡笑，還會增加什麼元素？外星傳說？遠古文明考究？期待嗎？期待這些聰明善良的人繼續譜出妙不可言的魔數詩歌嗎？

**NOTE**

**NOTE**

# 反轉千數

作者莊惟棟 美術設計暨封面設計RabbitsDesign 行銷企劃經理呂妙君 行銷專員許立心

總編輯林開富 社長李淑霞 PCH生活旅遊事業總經理李淑霞 發行人何飛鵬 出版公司墨刻出版股份有限公司 地址台北市民生東路2段141號9樓 電話886-2-25007008 傳真886-2-25007796 EMAIL mook_service@cph.com.tw 網址 www.mook.com.tw 發行公司英屬蓋曼群島商家庭傳媒股份有限公司城邦分公司 城邦讀書花園 www.cite.com.tw 劃撥19863813 戶名書蟲股份有限公司 香港發行所城邦（香港）出版集團有限公司 地址香港灣仔洛克道193號東超商業中心1樓 電話852-2508-6231 傳真852-2578-9337 經銷商聯合股份有限公司（電話：886-2-29178022）金世盟實業股份有限公司 製版印刷 漾格科技股份有限公司 城邦書號KG4014 ISBN 978-986-289-528-3 定價380元 出版日期2020年07月初版 版權所有·翻印必究

國家圖書館出版品預行編目(CIP)資料

反轉千數 / 莊惟棟著. – 初版. – 臺北市 : 墨刻出版 : 家庭傳媒城邦分公司發行, 2020.07
　面；　公分
ISBN 978-986-289-528-3(平裝)

863.57　　　　　　　　　　　109009285